Lectori salutem,

Mijn naam is Sir Diamant Rubin Aructures van Terraronda, de prins van Terraronda. Ik ben geboren in het jaar CCCXL, in de eerste maan, in het Rijk van het Verzonken Land. Je zult er vanzelf meer over leren. Op mijn vierentwintigste ben ik een oorlog tegen de Feeënkoningin gestart, om het Magische Rijk te heroveren. Laat ik beginnen waar het voor mij bijna was geëindigd. Na een lange tijd stijden als Oppergeneraal van het Duistere Leger kwam ik aan in het Rijk van het Eeuwige IJs. Daar kwam ik een aantal kooplieden uit mijn geboorteland tegen, die daar op handelsreis waren. Ik mocht met hen meereizen naar mijn geboorterijk, en ik was blijer da nooit. Ik zou mijn ouders na een lange tijd weer terugzien. Maar tijdens die reis werd ik bruut gestoord. Je zult het allemaal lezen. Veel success, met het onrafelen van de geheimen die het tovenaarsleven in het Magische Rijk met zich meebrengt!

Proloog

Het was een kalme nacht op de Zee van Oversteek. Er was weinig wind, en er waren weinig schepen, maar het was wel mistig. Toch was er één schip. Het Vlaggenschip van het Rijk van het Verzonken Land, de Geslepen Steen, voer over de zee onder leiding van Sir Diamant van Terraronda, de prins van het Rijk van het Verzonken Land. Sir Diamant zag er niet echt uit als een prins. Hij had geen harnas of een kroon. Hij droeg een zwarte mantel, een een donkerblauw gewaad. Hij droeg een sinister schijnende ring aan zijn vinger, en had, wat misschien wel koninklijk is, een zilveren diadeem met een donkere diamant erin. De diamant had ongeveer dezelfde kleur als zijn ogen, dat was indigo. Het zilver en het indigo paste mooi bij zijn zwarte haar, dat ongeveer tot zijn schouders kwam. Sir Diamant stond op het dek, te kijken naar de sterren. Zij functioneerden als navigatie voor de zeelieden van het Grote Rijk, maar Sir Diamant keek er naar omdat hij erdoor geïntrigeerd was, hun pracht, schoonheid en vermogen om oneindig lang te stralen. Ook keek hij naar de maan. Het was de zevende maan van het jaar driehonderdvijfenzestig, de Maan van de Magie. In een jaar zaten X manen, en de manen die een Magisch Getal hadden, dit waren de Ie, IIe, IIIe, Ve, VIe, VIIe en Xe, werden gezien als een speciale maan. De Maan van de Magie werd Magidicus genoemd, wist Sir Diamant. Hij had tenslotte Astronomie en Sterrenkunde gehad op school. Het interesseerde hem hoe de sterren(stellea), de maan(luna) en de zon(solis) verband met elkaar hielden.

Na nog even naar de sterren gekeken te hebben besloot
Sir Diamant dat het tijd was om te gaan slapen. Het was al
laat, en morgen zouden ze aankomen op Kasteel
Terraronda, en zou hij zijn ouders weer zien. En zijn
moeder zou het hem niet vergeven als hij daar onuitgerust
aankwam. Glimlachend bij de gedachte liep hij naar
binnen. Toen hoorde hij stemmen. Ze kwamen van over
zee. Door de mist was het moeilijk te zien of hij de
stemmen verbeeld had, of dat er echt andere schepen
waren. Hij keek nog eens goed naar de zee. Hij kon niets
zien. Hij besloot dat hij het verbeeld had en ging naar
binnen. Toen hoorde hij weer een stem en deze keer wist
hij dat hij het zich echt niet verbeeld had. Hij besloot dat
het tijd was zijn zicht te verbeteren. Sir Diamant was een
tovenaar, de sterkste van het Grote Rijk. Hij blies met een
eenvoudige toverspreuk de mist weg. Hij kon zijn ogen niet
geloven en wist niet hoe snel hij alarm moest slaan. Toen,
een stekende pijn in zijn rug. Hij draaide zich om en
schreeuwde het uit. Zijn kapitein stond daar met een dolk
in zijn hand.   "
Jij..." wist Sir Diamant nog uit te brengen. "Verrader!"
Toen werd alles zwart voor zijn ogen, en hij verloor het
bewustzijn.

In het Rijk van het Koraal was grote vreugde. De Gouden Vis was net gevangen. De schubben van de vis beschermden tegen de meeste ziektes en kwalen. Iedereen was vrolijk. In het bijzonder de visser Kwalio, die de Gouden Vis had gevangen. Hij mocht een jaar lang in Paleis Vergeetmeniet wonen, als prijs voor het vangen van de Vis. Want het was vooral een viswedstrijd, waarin alle vissers van het Rijk van het Koraal het tegen elkaar opnamen. Er werd een groot feestmaal gehouden in het Paleis. Maar dit jaar was het anders. Heel veel anders. Niemand had dit van te voren kunnen verwachten. Iedereen maakte zich klaar voor het feestmaal. De kok, de hofdames en zelfs de hagedissen die werden ingezet om het Paleis schoon te houden. Zij kregen ook een maaltijd, als dank voor het werk dat zij met liefde doen. Maar toen gebeurde het. Een van de hofdames, Lavinia genaamd, liep buiten in de tuin van het Paleis. Haar zeeblauwe jurk wapperde een beetje in de zeewind, net als haar lange donkerbruine haar. Maar ze wou haar haar loshouden, dus voorlopig bleef het vervelend als het waaide, wat het best vaak deed in het Rijk van het Koraal. Ze stond op het punt om naar binnen te gaan, maar iets in haar hield haar tegen. Iets in haar zei dat ze naar het stand moest gaan. Ze probeerde het gevoel te negeren, maar datgene in haar zei dat ze daar later spijt van zou krijgen. Ze vermande haarzelf en zei tegen haarzelf: Ik bepaal toch zelf wat ik doe?! Ik ga gewoon terug naar het Paleis om me in mijn kamer om te kleden voor het diner. Maar ze kon niet terug. Ze stond stil. Ze kon alleen nog maar achteruit. Best, dacht ze. Ik ga wel naar het strand. Ze ging erheen en zei tegen zichzelf: Nou, wat was hier nou te zien? Alleen een hoop zand, de zee en... Haar adem stokte. Op het zand lag een man. Van ongeveer haar leeftijd, rond de vijfentwintig jaar. Opeens kreeg ze een vlaag van herinneringen en emoties. Ze herinnerde zich school, waar ze hem van kende. Na hun afscheid aan het einde van het zevende jaar hadden ze elkaar niet weer gezien. Een traan biggelde over haar wang. Ze rende naar de jongen toe en begon te kijken of hij gewond was. Er zat er flinke jaap in zijn rug, dit was geen "lichtgewond" persoon, eerder iemand die op sterven lag! Maar nog erger, ze kende deze persoon. Ze wist zijn naam, en wist dat ze het zichzelf nooit zou vergeven als deze persoon stierf. Ze dacht na. Ze kon naar het Paleis gaan om hulp te gaan halen, maar misschien was het dan al te laat. Misschien was het nu al te laat! Ze voelde aan zijn pols. Gelukkig, zijn hart klopte nog. Ze kon hem zelf proberen te genezen met toverkracht, ze was tenslotte een heks, en geen zwakke. Maar niemand mocht dat te weten komen, en toveren in het Grote Rijk was verboden, hoewel het sinds de oorlog tegen Florissant, het Rijk van de Feeën, wel vaker werd gebruikt en dit was echt een nood geval. Ze gebruikte haar magie om de wond in zijn rug een beetje te helen, maar helemaal lukte het niet. Maar haar doel was bereikt. Ze had genoeg tijd gewonnen om hulp te gaan halen in het Paleis. Ze rende terug naar het Paleis. In het labyrint dat om het paleis was aangelegd om indringers buiten de deur te houden kwam ze de Genezer van de Koraaleilanden tegen. "Lavinia, waarom zo'n haast?" vroeg hij. "Is er iets verkeerd?" Lavinia zei:"Dat is wel te stellen. We hebben een schipbreukeling op het Witte Strand, en hij is zwaargewond. Ik ben teruggekeerd naar het Paleis in de hoop dat ik iemand tegenkwam die me kon helpen. Gelukkig vond ik u." Lavinia was buiten adem. Ze hijgde en pufte. De Genezer zag het. "Als jij de prinses haalt, ga ik kijken. Daarna kan je uitrusten. Ik snap dat het veel indruk heeft gemaakt, maar..." Lavinia luisterde al niet meer. Terug naar haar kamer en niks doen? Het scheen de enige oplossing te zijn om haar geheim te bewaren, maar ze kon hem niet zomaar achterlaten. Niet dat ze de Genezer niet vertrouwde, hij was de wijste man van het hele Rijk, maar ze kon de schipbreukeling niet achterlaten. Niet daar. "Lavinia, ik snap dat je je zorgen maakt," zei de Genezer kalm," maar je moet terug naar het Paleis. Voor je eigen bestwil."

"Ik begrijp het," zei ze uiteindelijk. "Het spijt me dat ik u zolang heb opgehouden." Ze liep terug naar het Paleis, terwijl de Genezer de andere kant op liep, naar het Witte Strand. Ze ging door de grote toegangspoort van Paleis Vergeetmeniet. Ze liep naar de Koninklijke Vertrekken. Ze wist de weg, ook al was ze er nog nooit geweest. Ze was nog te laag in rang om een persoonlijke hofdame van de prinses te worden. Toen ze bij de kamer van prinses Kalea aankwam klopte ze op de deur. "Wie is daar?" hoorde ze aan de andere kant van de deur. "Ik ben het prinses, hofdame Lavinia, en ik breng niet al te vrolijk nieuws." Voorzichtig deed ze de deur open. Ze wist dat het niet hoorde, maar het had haast. "Wat is er dan gebeurd?"

vroeg Kalea. Ze zei niets over het feit dat Lavinia de deur had geopend zonder haar toestemming. "Er is een schipbreukeling op het Witte Strand prinses. Ik heb de Genezer al gewaarschuwd, en hij is er waarschijnlijk al. Hij droeg me op u te gaan halen." Toen Kalea het woord "schipbreukeling" hoorde sprong ze op. Ze zei nog snel: "Dank je,"en toen liep ze regelrecht naar de uitgang van het Paleis. Ze begon zelfs te hollen. Haar rode haar wapperde alle kanten op en ze moest haar blauwe jurk vasthouden om goed te kunnen rennen. Lavinia ging naar haar kamer, zoals de Genezer had opgedragen. Ze ging zich niet omkleden voor het feest, daar wou ze sowieso al niet meer naartoe. Ze liep naar haar bed, plofte neer en begon te huilen. Ze huilde een lange tijd, maar niemand op de gang hoorde haar. Na een tijd droogte ze haar tranen af. Toen werd er op haar deur geklopt. "Ja?" zei ze met zwakke stem. De Genezer kwam binnen. Hij liep naar haar toe. "Je kende deze persoon, is het niet?" Hij praatte niet in de gebruikelijke taal van het Rijk van het Koraal, de Gemeenschappelijke Taal van het Magische Rijk, maar gebruikte een oude taal(wij zouden deze taal nu het Oud Grieks noemen), die zij wel kon verstaan, maar eigenlijk uitgestorven was. Lavinia schrok hier in de eerste instantie van, maar stelde zichzelf gerust door te denken dat de Genezer het had geleerd in één van zijn vele boeken. Ze antwoorde ook in de taal die de Genezer ook sprak. "Ja," zei ze. De Genezer knikte even kort met zijn hoofd, en zei toen:"Waar ken je hem van? Je dient pas een paar jaar als hofdame, dus je hebt hem nooit aan het hof gezien." Lavinia antwoorde zacht, ook al wist ze dat niemand

behalve de Genezer haar woorden zou verstaan:" We
zaten samen op school. Op de Toveracademie. We gingen
vaak met elkaar om. Is hij ernstig gewond? Leeft hij nog?"
De Genezer stelde haar gerust door te zeggen dat hij aan
de beterende hand was. "Dus zo wist je hoe je hem moest
genezen," zei hij.   "Hoe
weet u dat ik hem heb genezen?" vroeg Lavinia.
"Misschien was hij niet al te zwaar gewond. Ik weiger toe
te geven dat ik kan toveren." Ze draaide haar rug toe naar
de Genezer. Hij ging over naar een andere taal, die wij nu
het Latijn zouden noemen. "Hoe kon je deze woorden dan
verstaan? Alleen sterke tovenaars en heksen kunnen dat."
Lavinia werd bang. Ze wist de wet op de Restrictie van
Toverkunst in het Grote Rijk. Als je tovert in het Rijk, kon je
levenslang verbannen worden. "Verteld u het alstublieft
niet door. Ik smeek het u!" De Genezer zei dat hij dat niet
van plan was."Ik ben hier alleen maar om te vragen of ik
Sir Diamant alles mag vertellen. Hij zal je wel willen
bedanken als hij wakker wordt. Je hebt tenslotte zijn leven
gered." Lavinia zei:"Het lijkt me beter als niemand weet
dat ik hem gered hebt. Neemt u die eer maar. Het
verhoogt mijn kans om gearresteerd te worden wegens
gebruikt van illegale toverspreuken.".
"Is het illegaal om iemands leven te willen redden?" zei de
Genezer. Hij keek Lavinia recht in de ogen aan. Lavinia
kreeg het gevoel alsof hij precies wist wat ze voelde. Toen
draaide de Genezer zich om, en voordat Lavinia in ook
maar "Wacht even!" kon zeggen, verliet hij de kamer.

* * *

Sir Diamant droomde. Hij stond op een hoge muur, en werd met pijlen beschoten. Hij wist een groot deel van de pijlen af te weren, maar één pijl raakte hem, in zijn arm. Hij viel van de muur af. Toen zag hij een vrouw. Zij stond op de grond en weerde aanvallers van dichtbij die met zwaarden en speren kwamen moedig af. Maar net als bij Sir Diamant kon ook zij niet alles houden. Zij viel ook, door toedoen van een speer. Sir Diamant keek omhoog. Hij zag een boogschutter op een toren staan. Hij spande zijn boog en...

Sir Diamant werd met een schok wakker. Hij lag in een mooi bed, in een mooi ingericht vertrek. Naast zijn bed stond een oude man. "Voel je je al beter?" vroeg de oude man. Hij praatte in met een geruststellende toon, en Sir Diamant vertrouwde hem, ook al lag het niet in zijn aard zomaar iedereen te vertrouwen. "Het gaat," zei Sir Diamant,"en ik leef nog, wat ik niet verwacht had. Als ik die kapitein in mijn klauwen krijg zal hij mijn toorn voelen!"   Sir Diamant sprak vol woede. En de Genezer zag dat hij zich meer opwond dan dat zijn gezondheidsstatus toeliet. "Kalm aan, je hebt heel wat moeten doorstaan, en als je je nu gaat opwinden, komt het niet goed."
Sir Diamant keek de man diep in zijn ogen aan. Het voelde alsof zijn ogen zijn ziel weerspiegelde. Kobaltblauw en puur. Kobaltblauw stond voor wijsheid. Wijs en puur, dat weerspiegelden de ogen van de man, en het stelde Sir Diamant gerust. Hij wist dat deze man te vertrouwen was. Hij voelde het gewoon. De man zei:"Prinses Kalea wil je zo

spreken. Daarna kan je weer rusten. Dat is wat je nodig hebt: rust. Mocht je iets nodig hebben moet je het aan je tante, de prinses vragen, want ik moet zo weer weg.".
"Waar moet u dan naartoe?" vroeg Sir Diamant. Hij vond het jammer dat de man al weg moest, ze hadden nog maar nauwelijks een woord gerept. Hij wist niet eens zijn naam!
"Ik moet weer terug naar mijn atol voor nieuw elixer. Dat is wat ik nodig heb om je weer te helpen. Maar nu ga ik, anders wordt de prinses boos omdat ik haar zolang heb opgehouden." Hij liep naar de deur. Sir Diamant keek hem na. Toen zei hij:"Ik wil haar morgen spreken, en u weet best dat ik met "haar" niet te prinses bedoel."

De Genezer verliet de kamer. Op de gang mompelde hij snel iets tegen prinses Kalea. Zij knikte, en zei snel iets terug. Toen ging ze de kamer binnen. "Hoe gaat het?" vroeg ze. Ze ging op een stoel zitten die naast het bed stond. Ze keek Sir Diamant aan. Die was niet verbaasd over haar vraag, maar op een vreemde manier kwam er geen "prima" over zijn lippen. Het ging ook niet prima, maar het was ook niet al te netjes om "vreselijk" te zeggen, na alles was ze voor hem had gedaan en geregeld.
"Ik snap dat het zwaar is geweest, maar zou je wel gewoon willen antwoorden?" vroeg Kalea. Ze was niet boos, eerder geschokt. Normaal gaf haar neef altijd meteen netjes antwoord op haar vragen, Sir Diamant was erg van de formaliteiten en regels. "Het gaat goed," loog Sir Diamant, "afgezien van de pijn. Het is sowieso niet levensbedreigend meer, en dat is het belangrijkste."
"Hoe ben je hier beland? Ik dacht dat je bij mijn zus Nives

was in het Rijk van het Eeuwige IJs. Hoe kom je dan hier? Is je schip gezonken?"

"Geen vijand zou mijn schip kunnen laten zinken, of me eraf kunnen gooien," zei Sir Diamant, alleen verraad, gepleegd door iemand die ik vertrouw, kan mij verslaan." Woede en trots waren te horen in Sir Diamants stem. Hij keek naar buiten, door het raam. Het was avond, en de zon was rood. Het kleurde prachtig af op de zee. Hij hoorde niet wat zijn tante zei. Waarschijnlijk iets over dat hij alle zorg zou krijgen die hij nodig had, en dat ze een brief aan zijn moeder zou schrijven.

"...en ik heb ervoor gezorgd dat mijn schepen uitkijken naar je schip, ook al is dat waarschijnlijk allang verdwenen op de bodem van de zee. Nou, als je iets nodig hebt, zeg je het maar. Verder nog iets dat ik voor je kan doen?" vroeg Kalea.

"Nee dank u," zei Sir Diamant.

"Nou, dan ga ik maar weer. Nogmaals, als je iets nodig hebt..."   "Dan zal ik het vragen," zei Sir Diamant.

"Nou, ik wens je alvast een fijne nacht, en dan tot morgen!" zei Kalea, en ze liep naar de deur. Toen keek ze nog even naar Sir Diamant, draaide ze zich om, en liep naar buiten.

Het was een warme nacht. Logisch, want in het Rijk van het Koraal is het altijd warm. Sir Diamant kon de slaap maar niet vatten. Hij keek naar zijn kamer. Er waren twee deuren in het vertrek. Één naar de gang, en één naar buiten, naar de Paleistuin en naar het labyrint. Sir Diamant

besloot dat, als hij toch niet kon slapen, hij net zo goed
even naar buiten kon om wat frisse lucht in te ademen. Hij
liep naar de deur. Hij deed hem open, met veel gekraak.
Vreemd, want de deur zag er nog vrij nieuw uit. Hij liep
door de tuin van het Paleis, naar het strand. Toen, een
lichtflits. Er verschenen soldaten; vijanden! Sir Diamant
wilde zijn zwaard pakken, maar merkte dat hij hem niet bij
zich had. Hij wilde teruglopen naar het Paleis, maar zijn
voeten zaten vast. Hij zakte langzaam weg in het zand van
het strand. Hij wou schreeuwen, maar er kwam geen
geluid uit zijn mond. Toen hoorde hij een stem. De stem
kwam hem bekend voor, uit een vaag verleden.
"Sir Diamant!" riep de stem."U moet nu echt wakker
worden!"

De Genezer stond naast zijn bed. Samen met nog iemand.
Een jonge vrouw ongeveer zijn leeftijd. Ze keek naar Sir
Diamant, en toen naar de grond. Met een schuldbewuste
blik in haar ogen.
"Ik denk dat ik jullie tweeën even alleen laat," zei hij, en hij
verliet de kamer.

Lavinia keek naar de grond. Het huilen stond haar duidelijk
nader bij dan het lachen. Ze keek naar Sir Diamant.
"Waarom hebt u mij ontboden?" vroeg ze met trillende
stem. Sir Diamant keek haar verbaast aan. Ze had hem nog
nooit met u aangesproken.
"Lavinia, is er iets mis?" vroeg hij. Hij probeerde op te
staan, en vreemd genoeg lukte dat. Hij liep naar haar toe,
en keek haar recht in de ogen. Lavinia begon te huilen.

Tranen stroomden over haar wangen.

"Ik zal niet lang meer in dit Rijk zijn. U kent de Wet. Toveren is absoluut niet toegestaan en kan leiden tot levenslange verbanning."

"Dus je had me gewoon moeten laten sterven? Puur door een stomme wet?" "Misschien voelt u zich boven de Wet verheven, maar ik ben gewoon een arme wees, die is aangenomen op het hof van prinses Kalea. Ik heb geen Koninklijke Onschendbaarheid, zoals u."

"Waarom blijf je u zeggen? We kennen elkaar. Jij hebt meer potentieel dan alle prinsessen van dit Rijk bij elkaar!".

"Jammer dat ik niet genoeg macht heb om daarvoor uit te komen." "Waarom redde je me dan? Als je wist dat je verbanning riskeerde?"

"Ik kon je daar toch niet achterlaten! Dan was je nu dood geweest. Ik zou het mezelf nooit vergeven als jij in deze oorlog om zou komen."

"Waarom? Jij hebt me nooit aangezet om deze oorlog te voeren." "Toch is het geen fijn gevoel dat ik je zou laten sterven, terwijl ik je ook zou kunnen redden." Sir Diamant liep naar het raam. Hij deed de gordijnen open. Buiten straalde de zon aan de hemel. Hij wachtte even met iets nieuws zeggen, alsof hij na moest denken. "Dat gevoel noem je vriendschap," zei hij ten slotte."Ik zou hetzelfde voor jou hebben gedaan," voegde hij eraan toe. Lavinia glimlachte door haar tranen heen. Voor het eerst in een paar dagen kon ze even de zorgen vergeten waar ze mee gezeten had. Sir Diamant prees wat ze had gedaan,

en als de belangrijkste generaal van het Grote Rijk achter
haar stond, was de kans op verbanning kleiner.
"Het is goed je weer te zien Lavinia," zei Sir Diamant. "Ik
kon je niet bereiken, omdat ik niet wist waar je was. Ik
hoopte maar dat je oké zou zijn."
"Het is ook goed jou weer te zien. Ik wist dat je ooit hier
zou zijn. Alleen had ik nooit kunnen denken dat het op
deze manier zou kunnen gebeuren. Toch ben ik blij dat
ik..." Ze maakte haar zin niet af. Sir Diamant keek haar
opnieuw aan.
"...ik ben blij dat ik je weer zie, Diamant van Terraronda,"
zei ze. Er viel een stilte. Na een minuut doorbrak Lavinia de
stilte. "Hoe laat zou het zijn?" vroeg ze toen."Ik moet om
drie uur bij de Genezer zijn. Ik weet niet waarom. Hij vroeg
of hij me kon spreken."   Sir
Diamant keek door het vertrek. Er hing geen klok, wat hem
stoorde. Hij was een erg tijdgebonden persoon.   "Ik zou
het je niet kunnen vertellen," zei hij daarna. Het bleef stil.
Alleen de zee ruiste op de achtergrond. Toen ging de deur
open. De Genezer kwam binnen. Hij liep naar Lavinia toe
en zei zacht iets in haar oor. Ze knikte, en verliet het
vertrek.

De Genezer liep naar Sir Diamant.
"Hoe gaat het nu met je? Ik zie dat je al kan lopen."
"U zei gisteren dat ik nieuw elixer nodig had. Dat was niet
waar. Waarom loog u tegen mij? U wist dat het na een
nacht rust al goed zou komen." Sir Diamant liep naar de
Genezer toe, en keek hem in de ogen. Ze waren niet meer
kobaltblauw, maar nu waren ze zeegroen. Dit verbaaste Sir

Diamant, maar hij liet niets van zijn verbazing merken.
"Ik was inderdaad op mijn atol voor iets anders. Ik was op zoek naar iets, maar ik weet meer wat. Het zal wel niet belangrijk zijn." De Genezer liep naar de deur. Hij wou de deur open doen, maar die zat op slot.
"Hoe heeft u die deur op slot gedaan? Toen ik binnen kwam was hij nog open."   "Ik ben de sterkste tovenaar van de Magische Wereld. Ik weet echt wel hoe ik een deur op slot moet doen." Sir Diamant werd achterdochtig. Hij wist dat de Genezer wist dat hij kon toveren. Wat probeerde hij te verbergen? Hij besloot de man op de proef te stellen.   "Ik ken je goed genoeg om te weten dat jij het bent," zei Sir Diamant. Een oude truc om te ontdekken of iemand zich voordeed als een ander. Deze man trapte er echter niet zo gemakkelijk in. "Hoe bedoel je dat?" vroeg hij. Hij draaide zich om. Zijn ogen waren nu rood. Sir Diamant was hierdoor geschokt. Hij besloot de Genezer een andere vraag te stellen. "Wie is de ander?" vroeg hij. Weer antwoordde de Genezer met:"Hoe bedoel je dat?" Sir Diamant hoefde nog maar één vraag te stellen om te weten wie hij voor zich had. Hij vroeg:"Wie ben jij?"
De Genezer antwoordde:"Ik ben wie ik zeg te zijn."
Sir Diamant concenteerde zich en zei niets
De Genezer draaide zich naar de deur en zei:"Ik zal je vragen beantwoorden, als je dat wilt. Ik zweer de waarheid te vertellen."
"Verteld wat u verborgen houdt," zei Sir Diamant.

"Je weet dat ik de Genezer niet ben. Ik heb je vragen
immers goed beantwoord. Ik denk dat je te achterdochtig
bent, Sir Diamant, en je hebt volkomen gelijk. De Genezer
veranderde in draak. Sir Diamant schreeuwde. Hij vuurde
een vervloeking af op het wezen. De draak spuwde vuur.
Sir Diamant gebruikte een Magisch Schild om zich te
verdedigen, maar het lukte niet de spreuk lang genoeg
vast te houden om zich te weren tegen het vuur. Toen
werd hij wakker. Tegenover hem stond de Genezer. Hij lag
op zijn bed. Blijkbaar was hij weer in slaap gevallen. Hij
had weer een nachtmerrie. De Genezer had weer zijn
normale, helderblauwe ogen. Het was maar een droom.
De Genezer pakte een glas. Hij vulde het met elixer.
"Hier, dit helpt tegen de dromen," zei hij, en hij gaf het
glas aan Sir Diamant. Hij dronk het glas leeg. Het was een
ontzettend vies drankje, en zijn eerste gedachte was
"spuug het uit!" maar hij wist dat er geen goed medicijn
was dat lekker smaakte, dus dit was geen vergif. De
meeste gifmengers zijn slim en maken het gif lekker, zodat
je er meer van dringt. Hij koesterde nu wel enige
achterdocht voor de Genezer, alhoewel hij die gedachte
snel verdreef. Waarom zou hij hem dan hebben genezen
van de wond in zijn rug? De Genezer wachtte tot hij het
glas had leeggedronken, en pakte het toen weer aan.
"Je hebt geen pijn meer hè?" vroeg hij aan Sir Diamant. Die
schudde zijn hoofd. De Genezer zei dat hij dan nu officieel
genezen was! Sir Diamant was opgelucht.
"Prinses Kalea wil je nog wel even spreken, als je er geen
bezwaar tegen hebt."   Sir
Diamant zei dat hij daar niets op tegen had. De Genezer

verliet het vertrek en prinses Kalea kwam binnen. "Ik vroeg me af of je nog wat langer wilt blijven. Wij hebben hier nu het feest van de Duizend Lichtjes en misschien wil je dat meevieren?" vroeg ze.   "Ik ben blij verrast. Natuurlijk wil ik dat feest meevieren," zei Sir Diamant."Maar weten mijn ouders er al van. Heeft u de al geschreven?"

"Nog niet," zei Prinses Kalea. "Ik was van plan dat straks te doen. We eten trouwens normaliter om acht uur in de morgen, één uur in de middag en zeven uur in de avond. En verder ben je vrij te gaan en staan waar je maar wilt."

"Dank u voor uw gastvrijheid, ik stel dit zeer op prijs."

"Het is niets," zei ze. "Ik zie je wel bij het eten!" Ze liep naar de deur, en ging naar de gang. Ze liep door naar haar kamer en pakte een veer. Ze begon aan een brief aan Diamante, haar zus, dat ze zich geen zorgen hoefde te maken over haar zoon. Ze stopte de brief in een envelop en verzegelde hem. Ze wou naar buiten gaan om de brief met een postduif te verzenden. Toen voelde ze een harde klap tegen haar hoofd. Ze voelde dat de brief uit haar handen werd gerukt, en toen werd alles zwart voor haar ogen, en ze viel op de grond.

* * *

In het Rijk van het Verzonken Land, een ondergronds rijk bestaande uit een doolhof van tunnels, een ondergronds dorp, ondergrondse meren, de grootste zoutmijn van het Magische Rijk en kasteel Terraronda, kwam een brief binnen. Van Kalea, voor Diamante stond erop. Diamante kreeg wel vaker brieven van Kalea, dat was niet ongewoon, maar de inhoud van deze brief was wel speciaal. Er stond in:

Lieve Diamante,

Tot mijn grote spijt en verdriet moet ik mededelen dat op de terugreis het schip waarop je zoon Diamant reisde is gezonken. We hebben geen overlevenden gevonden, en de oorzaak is nog onbekend

Sterkte, Kalea

Met de handtekening van haar zus eronder. Diamantes ademhaling stokte. Haar zoon, dood? Dit kon gewoon niet waar zijn. Hij was haar enige zoon en was nog maar zo jong. Ze liet de brief uit haar handen vallen. Ze viel wanhopig neer op de grond, en begon te huilen. Dit kon gewoon niet zo zijn. Zo mocht haar zoons leven niet eindigen. Haar man, Rubin Blue, hoorde het gehuil en liep haar kamer binnen.
"Diamante, wat is er aan de hand?" vroeg hij, maar ze gaf geen antwoord. Als ze zei dat hij dood was was het bevestigd. Ze wees naar de brief. Rubin Blue raapte hem op en las wat erin stond. Hij was sprakeloos. Dit kon toch niet waar zijn. Hij hielp zijn vrouw overeind en keek haar aan. Ze was nog nooit zo verdrietig geweest. Maar ook de

manier hoe hij stierf schokte haar. Ze had altijd gehoopt dat haar zoon een lang en gelukkig leven zou lijden, en toen hij in de oorlog ging vechten dacht hij dat ze dat als hij al zou sterven, waar ze niet vanuit ging, hij een heldendood zou sterven, niet op zo'n oneervolle wijze als door schipbreuk. De dagen erna waren dagen van nationale rouw. Het hele land was in shock. De troonopvolger, dood. De enige die niet rouwde was de kapitein. Hij ging naar prinses Diamante toe en zei dat het tijd was een nieuwe admiraal te kiezen. Diamante zei dat ze nu niet in de stemming was om zich met hoffelijkheden bezig te houden. Haar man was dat ook niet, dus de kapitein blies de aftocht en wachtte af op een volgende kans. Maar de dagen die volgden was Diamante ook niet bezig met dat soort dingen, en haar man idem dito. Toen besloot de kapitein dat hij het maar bij andere mensen moest proberen. De Hofmeester van het Rijk bijvoorbeeld. De Hofmeester was een zeer gewaardeerd en bewonderd persoon, en zijn mening telde zeker mee op Kasteel Terraronda. Hij liep naar de kamer van de Hofmeester. De deur ging uit zichzelf open.

"Ik verwachtte al dat je bij mij zou proberen om je promotie binnen te krijgen, maar ik moet je teleurstellen; ik ga je niet promoveren," zei de Hofmeester. Zijn zwarte ogen keken de kapitein doordringend aan. Maar zo snel gaf de kapitein niet op.

"En waarom bent u dat niet van plan," vroeg hij, ook al verwachtte hij wel iets.

"Vind u het ook niet erg verdacht dat het schip waarmee Sir Diamant over de Zee van Oversteek voer, hetzelfde schip is waarmee u de Zee van Oversteek overvoer. Hoe komt het dat u het wel overleeft heb, maar Sir Diamant niet. U was eerder hier, en hebt ons niet eens iets verteld. Legt u mij dat eens uit."

"Dat doe ik met plezier. Ik ging al eerder van het schip af en stapte over op een ander schip. Het is gewoon stom toeval dat ik het wel overleeft heb." De kapitein lachte triomfantelijk. Hij had de Hofmeester is een lastige positie gebracht. Hij had hem beschuldigd zonder bewijs, en de kapitein had de beschuldigingen afgeweerd. Volgens de Wet van Terraronda is dat Lastering, en daar staat een flinke boete op. De Hofmeester echter leek hier niet van onder de indruk. Hij vroeg juist door. "Dan kunt u mij vast de naam van het schip noemen waarmee u verder bent gegaan. Wat was de naam van dit schip?"

De kapitein lachte weer. De Hofmeester gaf niet op. Als hij doorging met vragen en hij wist alle vragen goed te beantwoorden kon hij de Hofmeester daadwerkelijk laten vervolgen voor Lastering. "Mijn schip heette "De Schim van de Zee" u kunt het nazoeken als u wilt, maar als blijkt dat ik compleet gelijk heb en u blijft mij beschuldigen kon ik u laten vervolgen wegens Lastering."

"Ik ken de Wet," zei de Hofmeester langzaam," en die zegt ook dat dit geen ondervraging is, u bent namelijk vrij om weg te gaan, alleen doet u dat niet. U kunt mij dus absoluut niet vervolgen voor Lastering."

De grijns op het gezicht van de kapitein verdween. Nu zat hij zelf in een lastige situatie.   "Hier wil ik nog aan toevoegen," zei de Hofmeester," dat ik zeer zeker het recht heb om het schip na te trekken zonder me

schuldig te maken aan Lastering. Dat is dus iets dat ik mooi nu kan doen. Dus tot ziens, kapitein." De Hofmeester verliet zijn kamer, gevolgd door de kapitein. Die kookte nu van woede. Als de Hofmeester erachter kwam van wie het schip was kon hij het wel schudden. Hij moest de Hofmeester tegenhouden. Hij mocht de Archiefkamer niet bereiken. Hij dacht snel na. De Archiefkamer is op de derde verdieping en hij zat nu op de zesde. De keukens waren op de vijfde verdieping dus als hij nou... Voor goed over het plan en de gevolgen nagedacht te hebben rende hij naar de trap. Hij ging naar verdieping V, naar de keukens. Hij pakte snel een mes. Toen rende hij snel naar een zijtrap. Met een mes op de hoofdtrap rondlopen zou opvallen, dus daarom nam hij deze langere, maar ook minder opvallende route. Hij moest wel opschieten. Hij rende over de trap, struikelde bijna over zijn eigen benen, maar was op tijd. Hij zag de Hofmeester de deur naar de Archiefkamer opendoen. Zonder verder na te denken gooide hij het mes. Hij gooide raak, het mes stak uit de rug van de Hofmeester. Die schreeuwde het uit van de pijn. Hij rende snel naar hem toe, trok het mes uit zijn rug en stak het in zijn hart. De Hofmeester was dood. Hij nam het mes mee en legde het tijdelijk in zijn kamer. Waarschijnlijk waren er al mensen op het geschreeuw van de Hofmeester afgekomen, en hij had geen tijd een smoes te verzinnen waarom hij het niet gehoord had, dus hij moest er ook naartoe. Hij liep terug naar de derde verdieping, nu wel via de hoofdtrap. Daar waren de Gouverneur, die Zacharias heette, en Rubin Blue al aanwezig.
"Wat is er gebeurt?" vroeg de kapitein schijnheilig. Hij

keek zogenaamd verward om zich heen. "De Hofmeester is hier dood aangetroffen," zei Rubin Blue. "Ik zie een wond in de rug, en een in het hart, dat betekend dat hij is..." "Is hij vermoord?" vroeg de kapitein. Hij genoot eigenlijk wel een beetje van de onwetendheid van Rubin Blue en de Gouverneur. Toch moest hij zijn rol goed blijven spelen. "Maar door wie dan?" vroeg Rubin Blue," wie zou zoiets nu willen doen?" "Ik heb geen flauw idee, maar als we nu iets moeten doen is het het moordwapen zoeken. De dader kan het niet ver weg verstopt hebben," zei de kapitein, die wist dat op zijn kamer op de vijfde verdieping voorlopig niet gezocht zou worden.

"Dat is zeer zeker een goed idee, en met wat geluk vinden we de moordenaar ook nog. Maar nog steeds, waarom? Waarom zou iemand aan dit hof deze man willen doden? Hij doet nog geen vlieg kwaad!" zei Rubin Blue.

"Het heeft weinig zin om nu al over motieven na te denken, als we nog geen mogelijke daders hebben," zei Zacharias."Kom, laten we zoeken. Prins, als u de vierde verdieping wilt doen, doe ik de tweede en als de kapitein de vijfde doet, moeten we de dader kunnen vinden."

Hier kwam de kapitein heel goed mee weg. Hij kon in alle rust het moordwapen op een betere plek verstoppen, en iemand zoeken die hij mogelijk de schuld kon geven. Wat was de Gouverneur toch dom dat hij hem vertrouwde. Hij liep naar de vijfde verdieping. Daar was nog niemand, dat kwam hem goed uit. Anders zou hij diegene eerst moeten aanspreken en zou hij minder tijd hebben het mes te verstoppen. Hij ging zijn kamer binnen en pakte het mes.

Naast zijn kamer was de kamer van de dochter van de Gouverneur, Zaffira. Hij wist dat ze er op het moment niet was, ze had een afspraak met een één of andere diplomaat, tot X voor IV. Hij keek op zijn horloge. Het was V voor IV. Hij had weinig tijd, maar het moest te doen zijn. Hij voelde aan de klink. Dat domme kind had haar deur niet op slot gedaan. Het leek wel of alles meezat vandaag! Hij ging naar binnen en verstopte het mes in haar kast. Toen ging hij snel weer naar buiten. Net snel genoeg want net toen hij weer op de gang stond, kwam ze om de hoek.

"Goedemiddag kapitein," zei ze, even vriendelijk als altijd." Kan ik iets voor u doen?"

"Waar komt u vandaan?" vroeg de kapitein bruusk.

"Ik was bij de Minister van Buitenlandse Zaken op de derde verdieping," zei ze."Hoezo?"   "Wilt u dan even met me meekomen?" vroeg de kapitein.

"Waarvoor is het?" vroeg ze.

" Beantwoord u elke vraag met een wedervraag?" vroeg de kapitein, goed inspelend op haar beleefdheden.

"Nee," stamelde ze,"maar..."

"Wilt u even met mij meekomen?" onderbrak de kapitein haar.   "Prima, waar gaan we heen?"

De kapitein gaf geen antwoord. Ze gingen terug naar de derde verdieping. Rubin Blue stond daar ook al.

"Ik denk dat we de Gouverneur er even moeten bijhalen mylord, ik heb een mogelijke dader."   "Zij? Maar zij zou nooit..."

"Alles is mogelijk mylord, alles is mogelijk." zei de kapitein. Rubin Blue ging de Gouverneur halen. Die was zeer

verbaast over het feit dat hij zijn dochter te zien kreeg.
"Zaffira, op welke verdieping was jij om tien voor vier?" vroeg de kapitein. "Euh, op de derde, dat heb ik al eerder tegen u..."
"Ziet u?! Op het tijdstip was zij op de locatie. Ik heb haar kamer nog niet doorzocht maar ik weet zeker dat we daar iets zullen vinden!" riep de kapitein triomfantelijk."Volgt u mij heren." Ze liepen naar de vijfde verdieping. Zaffira deed haar kamerdeur open.
"Ik verwacht niet iets te vinden, maar voor de zekerheid kijken we toch maar," zei Rubin Blue. Zaffira wist echter niet waar de anderen het over hadden. Rubin Blue keek bij haar bureau, Zacharias keek bij haar bed en de kapitein keek - hoe kan het ook anders- in haar kast.
"Hé, dat is mijn privékast! Daar mag je niet zomaar in kijken!" riep Zaffira. " Misschien omdat dit er ligt?!" zei de kapitein, en hij haalde het bebloede mes uit de kast. De anderen waren geschokt. Zaffira, de keurige gouverneursdochter, waarom zou zij zoiets doen?
"Waarom Zaffira...?" fluisterde de Gouverneur."Ik ben zwaar teleurgesteld in jou. Hoe kon je?!"   "Maar vader, u gelooft toch niet dat ik iemand vermoord kan hebben?"
"Waarom niet? Al het bewijs leidt nar jou. Je was op de locatie én je had de middelen. Ik vermoed dat ze die uit de keuken gestolen heeft," zei de kapitein."Zal ik haar laten arresteren?" voegde hij eraan toe.
Zacharias gaf geen antwoord. Hij was nog te veel in shock. Rubin echter was boos. Boos omdat ze zo'n waardevol lid van de samenleving had gedood. Hij liet haar arresteren, en een rechtzaak zou beginnen. Diamante zou recht

moeten spreken over één van haar beste vriendinnen. De kapitein was compleet in zijn sas. Hij had zijn rol goed gespeeld. Nu moest er nog maar één ding gedaan worden. Maar dat moest iemand anders doen. Iemand die al meer voor hem had gedaan.

* * *

In het Rijk van het Koraal was opnieuw de Genezer ingeroepen om iemand te genezen. De prinses dit maal. Ze was al meerdere dagen buiten bewustzijn, en men vreesde voor haar leven. Bij haar ziekbed stonden haar man, Kaliq Zaba, de Genezer, Sir Diamant en Lavinia. Het erge was dat niemand wist waarom ze was aangevallen. Niemand had ook maar enig idee. Totdat Sir Diamant met een nieuwe inbreng kwam.
"Ze zei de dag dat ze aangevallen werd tegen mij dat ze een brief ging schrijven aan mijn moeder. Misschien wou iemand dat voorkomen."
"Maar waarom," zei Kaliq Zaba."Waarom zou iemand willen voorkomen dat Kalea aan je moeder schrijft dat je hier bent?"
"Ik heb jullie de reden verteld hoe ik hier ben gekomen. Doordat mijn kapitein mij verraadde. Misschien dat hij niet wil dat de waarheid aan het licht komt." antwoordde Sir Diamant. "Het is voor een tovenaar of heks toch mogelijk om de geest zo te bedwingen dat je in iemands gedachten kan kijken?" zei Lavinia.
Sir Diamant keek haar vragend aan. Ze wist dat dit kon en had zeker geen bevestiging nodig van haar gelijk. Toen

herinnerde hij zich dat niemand iets mocht weten van haar toverkracht en hij zei snel:"Ja, dat klopt.".

"Nou, kan je dan niet met iemand meekijken wat er op dat moment gebeurde. Dan kun jij, ik bedoel, kunt u in haar gedachten kijken en zien wat ze deed. Misschien geeft dat meer duidelijkheid."

"Je kunt toch niet zomaar in de gedachten van mijn vrouw gaan kijken!" zei Kaliq Zaba."Dat verbied ik!"

"Als ik iets in mag brengen," zei de Genezer,"ik vind het idee van Lavinia zo gek nog niet. Ik denk dat Sir Diamant prima weet hoe hij dit op een veilige manier kan doen, en we zijn van een heleboel vragen af. Om verdere privacy hoef je je geen zorgen te maken, als Sir Diamant gewoon kijkt naar alleen dat moment, moet het lukken."

"Weet u zeker dat dat veilig is?" vroeg Kaliq Zaba aan de Genezer.   "Dat kunt u beter aan uw neef vragen, die zal daar ongetwijfeld meer verstand van hebben dan ik."

Kaliq keek naar Sir Diamant."Denkt u echt dat ik mijn tante zou willen aanvallen?" zei deze.   "Natuurlijk geloof ik dat niet. Alhoewel ik wel in de krant las dat een gouverneursdochter in het Rijk van het Verzonken Land de Hofmeester van de Duistere Stromen heeft vermoord. Niet dat dat vergelijkbaar is maar..."

"WAT heeft ze gedaan!" schreeuwde Sir Diamant. Hij was woedend. De Hofmeester van de Duistere Stromen, dood? En dan door Zaffira. Maar waarom?

"Volgens het bericht werd ze opgepakt door Rubin Blue, de Gouverneur zelf en de kapitein," vervolgde Kaliq.

Sir Diamant zuchtte van opluchting, en lachte.

"Een moordzaak is zeker heel grappig," zei Kaliq boos. "Hoe kun je nu lachen om zoiets vreselijks?!" "Zaffira heeft hem niet vermoord, en hoe meer bewijs er komt dat het tegendeel bewijst, hoe meer mijn gelijk wordt bewezen. De kapitein heeft de Hofmeester vermoord. Waarschijnlijk begon de Hofmeester, hij is een slimme en wijze man, door te krijgen wat hij gedaan had. En dit verklaard ook waarom Kalea werd aangevallen. De vijanden zijn onder ons. De kapitein heeft waarschijnlijk een handlanger in het Paleis. Die moest voorkomen dat Kalea die brief schreef, anders zou de waarheid aan het licht komen. Ik weet alleen niet wat het doel van de kapitein is. Handelt hij puur uit eigenbelang of helpt hij een groter goed, misschien wel de Feeënkoningin. Iedereen in Terraronda is sowieso in groot gevaar. Wie weet waar hij nog meer toe in staat is. Alleen was het een grote fout een moord te plegen, en dan ook nog eens zelf de dader aan te wijzen. Arme Zaffira. Gelukkig heb ik hem nu door." "Wilt u terug naar het Rijk van het Verzonken Land?" vroeg de Genezer. Hij zou het jammer vinden, maar snapte dat het noodzakelijk was. Tot zijn verbazing schudde Sir Diamant zijn hoofd:"Dat zou de kapitein alleen maar helpen. Het is zeer makkelijk om iemand te vermoorden op zee, of in een tunnel en als ik Teletransportatiespreuken gebruik, en hij heeft echt hulp van iemand als de Feeënkoningin, is hij al snel vertrokken. Maar ik heb een beter idee. U moet gaan," zei Sir Diamant en hij keek naar Kaliq, die keek hem verbaasd aan. "Ik?" vroeg hij. "Maar waarom dat heeft toch hetzelfde effect als wanneer jij zou gaan?"

"Juist niet!" zei Sir Diamant," maar alleen als uw vrouw meegaat. Dan kunnen we het op een staatsbezoek laten lijken. Als hij zo dom is u aan te vallen terwijl u op zee bent, heb ik mijn eigen vloot klaar staan om u te helpen. Ik zorg ervoor dat het mistig is, dan zal hij die vloot niet zien."

"Maar als we in het Rijk van het Eeuwige IJs zijn, en we gaan via het Portaal, kunnen we opgewacht worden in de tunnels," bracht Kaliq ertegenin

"U gaat niet via het Rijk van het Eeuwige IJs. U gaat via het Rijk van het Zand. In de bergen in het Oosten van het Rijk is een tunnel naar het Rijk van het Verzonken Land, en de kapitein weet niets van deze tunnel af. Die kunt u dus veilig nemen. Hij loopt zonder zijtunnels naar Terraronda, dus u moet gewoon rechtdoor."

Sir Diamant vond het een geslaagd plan, maar Kaliq had nog één punt van aandacht:"Maar waarom ga jij dan niet via die tunnels. Waarom moet het lijken op een staatsbezoek. Waarom kun je dat zelf niet doen?"

Sir Diamant had er meteen een antwoord op:"O ja, dat belangrijke punt was ik vergeten te vertellen. Als ik ga, kan de kapitein dat opmerken. Dan zal hij weggaan met een smoes en is er geen bewijs. Dan is alles voor niets geweest."

De Genezer sprak:"Ik ben het eens met Sir Diamant, maar we moeten wachten tot prinses Kalea beter is. Dat duurt nog ongeveer een dag of twee, dus als we die tijd mogen nemen...?"   "Bij ons duurt een proces een maan of vijf, dus we hebben voorlopig geen haast," zei Sir Diamant. Hij keek naar Kaliq. " En als we ons aan dit plan houden hoeven we niet met haar geheugen te rommelen," voegde hij eraan toe.

"Oké, we doen het. Maar wie let er op het Rijk?"

"Ik kan wel even op dit Rijk letten. Ik ben te vertrouwen," zei Sir Diamant.   "Prima," zei Kaliq. "Maar je moet nog wel meerdere dingen regelen. Als je straks even naar de troonzaal komt, zal ik het uitleggen."

"Prima," zei Diamant, tevreden dat eindelijk iedereen zijn plan vertrouwde. Hij verliet het vertrek. Lavinia volgde hem. Ze liep naar haar kamer. Sir Diamant liep door naar zijn eigen kamer. Kaliq bleef bij Kalea, samen met de Genezer. Sir Diamant liep door. Hij liep naar zijn kamer. Op de heenweg dacht hij dat hij iets hoorde. Iets als een stem. Iets dat hem riep, hem waarschuwde voor gevaar. Zijn instinct. Nonsens, zeiden zijn gedachten. Je verbeeld je te veel. Hij liep door. Toen hij bij de deur van zijn kamer aankwam, bleek die open te staan. Hij liep snel naar binnen. Hij schrok toen hij zag wat er gebeurt was. Alles was zwart. Één groot gapend gat. Hij wou terugrennen, maar achter hem was alles ook zwart. Hij zat gevangen en kon nergens heen. Hij schreeuwde, maar niemand hoorde hem. Toen viel hij in het gat. Alles werd voor zijn ogen zwart, en hij voelde niets meer.

* * *

Lavinia was in haar kamer. Ze liep naar haar kast, en pakte een boek om te lezen. Ze kon haar gedachten echter niet bij het verhaal over Elfenridders houden, dus na een paar bladzijden te hebben gelezen, legde ze het boek weer weg.

Ze keek uit het raam. Meeuwen vlogen voorbij, de zee was rustig en het waaide een beetje buiten. Maar binnen in haar stormde het. Gevoelens voerden oorlog met elkaar. Magie of niet? Ze dacht aan wat Sir Diamant had gezegd. "Jij hebt meer potentieel dan alle prinsessen van dit Rijk bij elkaar" had hij gezegd. Ze wist dat ze magische krachten had, en ze wist dat ze sterk was, daar was ze op de Toveracademie wel achter gekomen. Zij en Sir Diamant waren de besten van de klas. Ze had redelijk wat verstand van wat er gebeurde op de wereld, maar het leek allemaal zo ver weg. Tot Sir Diamant aanspoelde op het Witte Strand. De aanvoerder en Oppergeneraal van het Duistere Leger. Een jaar geleden had hij, samen met vele bondgenoten, de oorlog tegen de Feeënkoningin gestart. Tot nu toe was die niet echt voelbaar in het Grote Rijk, de oorlog speelde zich elders, maar nu ze hoorde dat hier een kapitein rondliep die Sir Diamant had verraden, misschien wel aan de Legers van het Goede, voelde het dichterbij dan ooit tevoren. En nu zei Sir Diamant dat hier, in dit Rijk, misschien een handlanger van de kapitein rondsnuffelde. Misschien had Sir Diamant gelijk en moest ze opkomen voor haar Magie en het Grote Rijk verlaten om Sir Diamant te steunen in de oorlog. Ze had toen ze van school vertrok immers gezegd:" Ik zal je altijd helpen als je me nodig hebt." Ze wist dat het ook voor Sir Diamant gold. Hij had haar immers geprobeerd van haar "Magieprobleem" af te komen. Ze liep naar de deur, ze wou Sir Diamant spreken. Ze liep naar buiten, naar de gang. Toen voelde ze een stekende pijn in haar rechter ringvinger. Ze had een ring om, maar die brandde nu verschrikkelijk. Ze probeerde hem af te doen, maar hij zat muurvast. Ze kreeg er geen beweging in. Met een stekende ring liep ze door, maar na de tweede stap die ze had gezet, deed de ring geen zeer meer. Ze liep verder, nu zonder pijn. Ze liep de hoek om. Ze schrok zich een hoedje. Sir Diamant lag bewusteloos op de grond. Ze rende naar hem toe. Ze voelde zijn hartslag. Die was laag, veel te laag zelfs. Ze wou hulp gaan halen, maar ze voelde weer de pijn in haar vinger. Haar ring brandde weer. Ze keek naar Sir Diamant. Hij had een identieke ring aan zijn vinger. Dat wist ze niet, ze had het nooit geweten. Toeval? Toeval bestond niet, wist ze. Zeker niet in het Magische Rijk. Alles heeft een reden. Maar nu had ze geen tijd om over die reden na te denken. Sir Diamant lag misschien wel op sterven. Ze kon niet weg, die ring zou haar helemaal laten wegbranden. Niet dat ze dat er niet voor over had om Sir Diamant te redden, maar ze dacht niet dat hij dat zelf zo goed vond. Dan zat er maar één ding op. Ze moest weer haar toevlucht nemen tot de Magie. Ze legde haar hand op Sir Diamants borst, op de plek waar zijn hart zat. Ze sloot haar ogen. Zijn hartslag werd steeds lager. Ze moest nu handelen. Ze sprak een helingsspreuk uit. Haar lichaam gloeide op van de spreuk. Gelukkig kan niemand dit zien, dacht ze. Anders zat ze zwaar in de problemen. Sir Diamants ademhaling nam zijn normale loop weer aan. Ze was opgelucht. Maar dit was nog niet voorbij. Ze had twee keer getoverd en het was extreem verboden te toveren in het Grote Rijk. Maar dit was niet het moment om daarover na te denken. Sir Diamant moest hier weg. Hij was te zwak zichzelf te verdedigen. Als de spion die volgens Sir Diamant nu zou verschijnen, zou diegene hem makkelijk kunnen aanvallen. Ze had zelf te weinig magische energie om zich te verdedigen. Ze moest hulp gaan halen, maar kon Sir Diamant hier ook niet zomaar achterlaten. Ze besloot om hulp te roepen. Ze hoopte maar dat iemand haar zou horen. Na een tijdje haar keel kapot geschreeuwd te hebben kwam de Genezer de hoek om lopen. Hij zag Sir Diamant liggen. Hij liep naar hem toe. Ook hij voelde of zijn hartslag oké was. "Zijn hartslag gaat veel te snel," zei de Genezer.

Toen gingen de ogen van Sir Diamant open. Hij hijgde en probeerde op te staan. Het lukte niet en hij viel weer op grond. Lavinia hielp hem op te staan. "Had u weer een droom?" vroeg de Genezer. Sir Diamant knikte.

"Ik dacht dat het elixer voldoende was," zei de Genezer bedachtzaam. "Er moet meer achter zitten. Ik vermoed iets in de geest van Zwarte Magie. Ik dacht dat de dromen een bijwerking was van de magie die gebruikt is om je te redden, maar er moet meer achter zitten. En zolang ik niet weet wat erachter zit kan ik helaas niks doen."

Lavinia keek naar Sir Diamant. Toen fluisterde ze:"Ik kan mijn zicht wel zo veranderen zodat ik kan zien of hij betoverd is. Maar dan moet ik wéér mijn toverkracht gebruiken. En ik denk niet dat iedereen dat zo fijn zal vinden."

Sir Diamant keek haar zwakjes aan uit zijn ogen. Hij stond wankel op zijn benen. Hij viel, maar Lavinia ondersteunde hem weer.

"Ik denk dat het niet alleen dromen zijn. Ik denk dat het een zeer Duistere vloek is. En als we die vloek niet kunnen

tegenhouden, maakt het hem van binnenuit stuk." zei de
Genezer.   "Het lijkt me sowieso slim om hier
niet te blijven staan," zei Lavinia. "Dat is veel te opvallend.
Zijn kamer is vlakbij. Ik weet alleen niet of hij dat red."
"Maak je alsjeblieft geen zorgen om mij," zei Sir Diamant
met zwakke stem. Er kwam bijna geen geluid meer uit zijn
mond."Ik red het wel naar mijn kamer."
"Ik hoop het maar," zei de Genezer."Het is onze enige
hoop. Laten we gaan!"   Ze liepen
door, Lavinia ondersteunde Sir Diamant, en dat was maar
goed ook, want het leek erop als of Sir Diamant elk
moment kon vallen. Toen ze in Sir Diamants kamer
aankwamen ging Sir Diamant op bed liggen. Lavinia
bereidde zich voor op de toverspreuk. De Genezer keek
aandachtig naar Sir Diamant.   "Hij moet nog wel naar Kaliq
in de Troonzaal. Ik weet niet wanneer hij hem wil zien,
maar..."
Er werd op de deur geklopt en Kaliq kwam binnen. "Zou ik
Sir Diamant mogen spreken?" vroeg hij aan de Genezer.
Toen zag hij Lavinia."Wat doet zij?" vroeg hij argwanend.
De Genezer zei niks. Kaliq bleef naar Lavinia kijken. Zij was
in volle concentratie, en zag hem niet. Ze bleef nog een
paar seconden in deze trance, en toen was ze klaar voor
de spreuk. Ze gloeide van alle magie in haar. Kaliq schrok.
"Wat gebeurt er met haar?" vroeg hij. De Genezer had nog
steeds geen antwoord. Lavinia deed haar toverspreuk.
Haar ogen gloeiden. Kaliq deed zijn handen voor zijn ogen,
anders zou hij verblind worden door het felle licht dat
Lavinia uitstraalde. Ze had haar toverspreuk voltooid. Ze
kon zien wat voor een vloek iemand op Sir Diamant had

geplaatst. Ze schrok van wat ze zag. Gele wolken omringden hem. Verder kon ze niet kijken, want iets of iemand pakte haar vast. Ze nam haar normale zicht weer aan. Toen schrok ze nog meer. Kaliq Zaba stond voor haar. Hij keek boos. De Genezer stond bij Sir Diamant. Ze knikte kort naar hem, zodat hij zou weten dat het gelukt was. Kaliq had het niet door.   "Jij was het dus..." zei hij toen. Lavinia begreep niet waar hij het over had. Ze keek naar de Genezer. Die haalde zijn schouders op. Hij begreep ook niet waar Kaliq het over had. Sir Diamant was niet meer bij bewustzijn, maar ze wist niet of hij sliep, of dat hij was flauwgevallen.

"Jij was het die Diamant betoverde, jij was het die Kalea aanviel. Jij was het al die tijd. Jij bent de handlanger van de kapitein!" riep Kaliq. Lavinia schrok toen ze deze beschuldigingen hoorde. Hij dacht toch niet dat zij...

"Kaliq riep naar de wachters, die met hem waren meegekomen, maar die nog op de gang stonden. Blijkbaar durfde hij niet meer zonder bewaking door het Paleis te wanden nu hij wist dat er een handlanger van de kapitein die Sir Diamant had aangevallen hier vrij door de gangen zwierf.

"Arresteer haar," vervolgde hij, en de wachter liepen naar Lavinia toe.   "Prins, wees redelijk. Ze heeft hem zelf gevonden waarom zou ze hem dan niet laten liggen?" zei de Genezer.

"Ik moet nog uitzoeken wat haar motieven waren," zei Kaliq,"maar vast staat dat ze een heks is. En ik zou heksen altijd met de grootste achterdocht behandelen." Na dit gezegd te hebben liep hij de kamer uit. De wachter en

Lavinia volgden hem.

"Ik wil een rechtzaak voor ik en Kalea vertrekken," hoorde de Genezer Kaliq nog zeggen. Toen deed hij de deur dicht, en bleef zitten bij Sir Diamants bed. Wachtend tot hij wakker werd.

* * *

Sir Diamant werd wakker. Hij had in deze slaap geen last gehad van dromen. Dit was gewoon een normale slaap geweest. De Genezer stond naast zijn bed.

"Goedenavond Sir Diamant," zei de Genezer."Hoe gaat het met je?"   "Prima, ik heb deze keer niet gedroomd," zei Sir Diamant. Hij keek de kamer rond."Maar waar is Lavinia?" vroeg hij, toen hij opmerkte dat ze er niet was.

"Kaliq heeft haar laten arresteren, nee, geen boze reacties, laat me eerst uitleggen wat er is gebeurt," zei de Genezer toen hij zag dat Sir Diamant zijn mond wou opendoen om iets te zeggen."Kaliq zag Lavinia toveren, en dacht dat zij de spion van de kapitein was. Toen liet hij haar meenemen. Hij zei dat hij zo snel mogelijk een rechtzaak wou, nog voordat hij naar Terraronda zou gaan."

"U kent hem beter dan ik, wat is zo snel mogelijk voor hem?" vroeg Sir Diamant.   "Ik vrees dat het al te laat is. Waarschijnlijk is hij nu al bezig met die rechtzaak. Hij heeft het niet zo op getuigen oproepen en dat soort dingen, meer op een snelle veroordeling."   "Maar dan moeten we daar nu naartoe!" schreeuwde Sir Diamant."Lavinia is de enige die weet wat voor spreuk iemand op mij heeft geplaatst, als ze het al weet."

"Wat dat betreft heb ik goed nieuws. Voordat ze werd meegenomen liet ze me weten dat ze iets heeft ontdekt, ik weet niet wat het is, maar het is iets." "Mooi zo," zei Sir Diamant grimmig."Waar worden meestal rechtszaken gehouden?" vroeg hij.

"Meestal in de Troonzaal," zei de Genezer,"Hoezo?"

"Omdat ik dan nu naar de troonzaal ga," zei Sir Diamant."En ik wil niets horen in de geest van "je bent nog te zwak" of "dat is te gevaarlijk" want dat is het niet, en ik voel me sterk genoeg om daar nu heen te gaan.".

"Ik was niet van plan zoiets te gaan zeggen," zei de Genezer."Ga gerust."   Sir Diamant liep door de deur naar de troonzaal. Hij liep door naar de Troonzaal. Zijn ring begon een beetje te steken, maar niet erg. Toch had hij er na een paar gangen te veel last van om het te negeren. Hij moest toch naar de Troonzaal, en niks mocht hem stoppen om dat te bereiken, ook geen ring. Hij begon te rennen. Onderweg naar de Troonzaal kwam hij de visser Kwalio tegen. Hij schonk er geen aandacht aan, en rende verder. De visser echter schrok wel, maar liep verder. Ook passeerde hij een paar hofdames, maar ook daar besteedde hij geen aandacht aan. Na zelfs een klein kind genegeerd te hebben kwam hij eindelijk aan bij de Troonzaal. Aan de stemmen binnen te horen was de rechtszaak al begonnen. Hij klopte op de houten deuren van de Troonzaal, en ging naar binnen. De Troonzaal was een eenvoudig ingerichte kamer, met een aantal banken voor mogelijke aanwezigen en de troon.

Maar wat het meeste opviel was dat het in de openlucht was. Op de troon zat Kaliq. Op één van de voorste banken zat Lavinia, met naast haar twee bewakers. Verder zaten er nog vele anderen die Sir Diamant niet kende. Zij waren waarschijnlijk leden van de jury. Kaliq zag Sir Diamant binnenkomen en zei:"Aah, Diamant. Goed dat je er bent. We wouden net beginnen met het vonnis. Dan kun je meehoren wat de straf voor deze crimineel is."
Diamant vond zijn oom harteloos, en vond het onacceptabel dat hij zo over Lavinia sprak. Hij keek woedend."Lavinia heeft niets fout gedaan. Ik spreek vóór haar, niet tegen haar, en ik eis dat ze wordt vrijgesproken." Sir Diamant sprak luid en helder. Het was duidelijk te horen dat hij voor Lavinia was. Er ontstond geroezemoes onder de andere aanwezigen.
"Stilte!" riep Kaliq, en hij ging rechtop staan. Sir Diamant liet zich hierdoor niet van de wijs brengen. Integendeel, hij vervolgde zijn verhaal juist. "Wat is de aanklacht tegen deze vrouw? Wie heeft die ingediend?"
"Ik heb haar aangeklaagd omdat ze een spion is voor een landverrader. Een vriend van mijn vijand is mijn vijand!" riep Kaliq.
"En wat heeft ze dan precies gedaan, dat u haar zo bestempeld?" vroeg Sir Diamant kalm. Hij keek naar Lavinia, en glimlachte naar haar. Ze glimlachte niet terug, wat hem zorgen baarde. Zij, en zij alleen, wist met welke vloek hij betoverd was. Maar nu was niet het moment om daarover na te denken. Nu was het moment om Lavinia vrij te krijgen. Kaliq was allang begonnen met praten. Sir Diamant kreeg er vaag iets van mee. Iets in de geest van

"toveren". Hij verwachte dat het ging over illegaal gebruik van toverspreuken, dus ging hij daar over door:"Dus toveren is niet toegestaan om levens te redden? Ik had gewoon moeten sterven?" Hij hoopte maar dat het een juiste opmerking was, aangezien hij de eerdere argumenten van Kaliq dus niet gehoord had. Gelukkig ging Kaliq ervan uit dat Sir Diamant alles gewoon gehoord had, en dit was dan een logisch argument. "Toch is het verboden," vervolgde Kaliq, maar Sir Diamant viel hem in de rede:"Volgens artikel I van de Wet van Restrictie van Toverkunst in het Grote Rijk mag je hier inderdaad niet toveren. Maar volgens artikel XLVII van de Wet van Restrictie van Toverkunst in het Grote Rijk is toveren toegestaan, mits je er iemand zodanig mee helpt, dat zijn of haar leven, ziel of eer gered wordt. Als je dit niet doet terwijl je de mogelijkheden wel hebt is dit zelfs strafbaar, omdat je dan iemand hebt laten sterven. Lavinia heeft dus juist compleet in overeenstemming met de Wet gehandeld," zei Sir Diamant. "Zijn er nog meer aanklachten waarvoor u haar wilt berechten?" vroeg hij daarna.
"Er is nog veel waarvoor ik haar zou willen berechten! Ze hield u en de Genezer gevangen in uw eigen kamer!" riep Kaliq, en de ogen van de juryleden, die eerst op Kaliq gefocust waren, gingen weer naar Sir Diamant. Die schraapte zijn keel en sprak:"Als u daadwerkelijk in de kamer in kwestie was geweest, wist u dat zij ons daar niet vasthield, maar dat ze mij probeerde te helpen, door met haar magie..."
"Aha!" riep Kaliq opgewonden."Helpen met magie. Dit was zeker weer zo'n levensbedreigende situatie?"

"Als we er niet goed achter komen door wie en met welke spreuk ik vervloekt ben, kunnen we daar inderdaad van spreken," zei Sir Diamant."Maar zoals ik aan het vertellen was voordat u me onderbrak, probeerde ze ons te helpen. Helpen. Niet vasthouden maar helpen."

"Ja, ja, ik snap het! Ik ben niet dom of zo!" schreeuwde Kaliq, en Sir Diamant zag plotseling een mogelijkheid hoe hij aan die dromen kwam, hoe het kwam dat zijn oom zo vreemd deed en wie de spion was. Hij moest alleen deze rechtzaak goed gebruiken om het te bewijzen. Daarom vervolgde hij:"Hebt u nog meer aanklachten?"

"Ooh ja zeker!" zei Kaliq."Ze is de spion van de kapitein!"

"Bewijs?" vroeg Sir Diamant. De juryleden keken weer naar Kaliq. Die bleef stil, alsof hij na moest denken. "De kapitein heeft me willen vermoorden!" riep Sir Diamant."Waarom zou ze me dan ooit willen redden? Zij is degene die me vond en ze heeft mij met magie gered, dit terwijl ze zich niet bewust was van artikel XLVII. Ze riskeerde dus verbanning. Waarom zou ze dit doen? Was ze onder invloed van de Hypnosisspreuk?"

"Ik weet zeker dat ze handelde uit vrije wil. Daar ben ik van overtuigd."   Sir Diamants plan was gelukt. Hij wist eindelijk wie de spion was, en hoe hij die droom nog kreeg na het elixer. Hij keek de juryleden aan. "Geachte leden van de jury. Aangezien er niet voldoende bewijs is eis is onmiddellijke vrijlating van de verdachte, en ze krijgt geen straf oplegt. Maar ik heb meer: Tijdens deze rechtzaak ben ik er achter gekomen wie wél de spion is. En aangezien ik wél genoeg bewijs heb wordt deze persoon wél vervolgd. Maar eerst, Kaliq, u

bent betoverd. Hoe weet ik dat? Kunt u zich dan afvragen. Wel, u veracht Magie, net als de meeste inwoners van dit Rijk, en u hebt er ook geen verstand van, dat klopt toch?" vroeg Sir Diamant, en Kaliq knikte, met veel moeite. Het leek alsof iets in hem hem tegenhield. Sir Diamant vervolgde:"Wel als u niets van magie weet, hoe weet u dan van het bestaan van de Hypsonsisspreuk? U vroeg mij niet wat het was, terwijl ik wel een aantal juryleden verbaast zag kijken."
Kaliq keek verbaast om zich heen, alsof hij niet wist waar hij was. Sir Diamant keek naar hem, en toen naar Lavinia. Zij keek blijer dan ooit. Vrijgesproken en ze wisten wie de spion was.   "Ik neem u niets kwalijk, iedereen was kwetsbaar voor deze macht. Maar nu wilt u allen waarschijnlijk weten wie de prins heeft betoverd, hoe lang al en wat de dader nog meer heeft aangericht. Ik kan u antwoord geven op alle vragen. Het was de visser Kwalio. Hij was al deze tijd in het Paleis en had toegang tot alle kamers. Ik vermoed dat hij mij heeft betoverd toen ik de kamer van prinses Kalea uitliep, zodat ik weer een droom zou krijgen. Lavinia vond me en riep om hulp. De Genezer verliet de kamer van Kalea, waar alleen Kaliq nog was hij heeft hem toen betoverd, zodat hij al zijn orders uit zou voeren. Toen liet hij Kaliq naar mijn kamer gaan, zodat hij Lavinia zou betrappen. Toen liet hij Kaliq een rechtszaak starten, maar hij had geen rekening gehouden met het feit dat ik weer wakker zou worden. Ik kwam hem tegen op de gang, maar helaas besteedde ik geen aandacht aan hem. Anders had ik hem gescand en gezien dat hij magische krachten had, en had ik hem

aangehouden. Nu bestaat de kans dat hij al gevlucht is, want als hij mij tegen kwam, betekend dat zijn plan mislukte. Als hij gevlucht is, weten we dat hij schuldig is." Sir Diamant was aan het einde van zijn theorie gekomen. De juryleden applaudisseerden. Kaliq keek beschaamd naar de grond. Hoe had hij zo'n grote fout kunnen maken. Sir Diamant liep naar zijn oom."Zit er niet over in," zei hij. "Het had iedereen kunnen overkomen."

"Dank je," zei Kaliq, en hij glimlachte. Hij verliet de Troonzaal, waarschijnlijk om naar Kalea te gaan. Sir Diamant liep naar Lavinia.

"Dank je," zei ze. "Ik sta diep bij je in het krijt."

"Die schuld is allang kwijtgescholden. Jij hebt mijn leven gered," zei Sir Diamant."En daarbij...".   "Zou jij het jezelf nooit vergeven als ik verbannen zou worden," maakte Lavinia zijn zin af.   Sir Diamant lachte."Dat klopt," zei hij. "Lavinia!" riep iemand, waarschijnlijk een één of andere hofdame of diplomaat.

"Ik moet gaan," zei ze, en ze liep naar de gang. Sir Diamant bleef nog even in de Troonzaal, maar ging daarna naar zijn kamer. Gelukkig, omdat hij eindelijk verlost was van de dromen, en de angst voor een spion. Alles leek goed te zijn.

* * *

De dagen gingen voorbij in het Rijk van het Koraal. Kalea werd weer beter, en de plannen voor het (zogenaamde) staatsbezoek werden gemaakt. Kalea en Kaliq zouden per schip naar het Rijk van het Zand gaan, één dag in de hoofdstad Okerburcht verblijven, en dan doorgaan naar het Rijk van het Verzonken Land. Kalea was blij, want ze zou haar zus Samah, prinses van het Rijk van het Zand, weer zien en ze zou in Terraronda haar zus Diamante weer zien. Sir Diamant liet Diluvia, de Heks van Eb en Vloed, komen. Zij had een grote vloot met schepen uit de Peilloze Diepte, die het Koninklijke paar zouden beschermen. Kalea had het niet erg op de Heks. Tijdens het avondeten praatte ze geen woord met haar, en als ze wat vroeg, gaf Kaliq antwoord. De Genezer vond het juist interessant. Diluvia wist van veel planten en kruiden uit de zee waarvan hij nog nooit gehoord had. Toen Diluvia de volgende dag vertrok, leek Kalea vrolijker dan ooit, maar was de Genezer niet in zijn beste bui. Een paar dagen later verlieten Kaliq en Kalea met hun schip de Haven van het Rijk van het Koraal. Sir Diamant had van Kaliq te horen te kregen dat hij het Feest van de Gouden Vis moest doorzetten. Hij moest over een paar dagen het Feest van de Duizend Lichtjes organiseren. Kalea had wel een beetje uitgelegd hoe hij dit het beste kon aanpakken, maar hij was er nog niet zeker van. In Kasteel Terraronda had je Zacharias, de Gouverneur, die dit soort dingen regelde. Hoe deed hij dat ook alweer? Gelukkig was Lavinia er om hem te helpen. Zij had het feest al eerder meegemaakt.

"Het is vooral een bal," zei ze."Weet je nog het jaarlijkse Winterbal op de Toveracademie? Daar lijkt het op. Ik denk dat je vooral moet bedenken welk eten er op tafel komt te staan, en hoe je de Troonzaal ingericht wil hebben."

Voor een prinses als Kalea die dit veel vaker had gedaan was het misschien makkelijk, maar voor Sir Diamant was het een hel. Constant kwamen er mensen aan zijn hoofd zeuren welke taart er gebakken moest worden, hoe de verlichting moest, zelfs welke vis er gevangen moest worden. Na een tijdje was Sir Diamant het zat, en hij sloot zich op in zijn kamer, maar zelfs daar wisten ze hem te vinden. Na een kwartier rustig op zijn bed een boek over de Geschiedenis van de Boselfen gelezen te hebben, kwam er al weer en hofdame vragen welke vaandels er moesten hangen. Sir Diamant was ten einde raad. Nergens kon hij meer rust vinden. "Als ik ooit mijn eigen Rijk en hofhouding krijg, ik het eerste wat ik doe een secretaris zoeken!" zei hij tegen een lichtelijk geamuseerde Lavinia. Het aftellen naar het Feest van de Duizend Lichtjes was begonnen, en toen er zelfs mensen aan Sir Diamant kwamen vragen of er misschien een gepaste kleur schoenen was werd hij helemaal gek. Hoe hield Kalea dit vol?! Hij besloot het aan Lavinia te vragen, maar die had geen antwoorden. Ze was te laag in rang om met zulke belangrijke dingen bezig te kunnen zijn. En hoewel Sir Diamant haar promotie had aangeboden, had ze dat niet willen aannemen. Ze had zelfs gezegd dat ze misschien wel ontslag zou nemen. Toen Sir Diamant vroeg waarom dat was, gaf ze geen antwoord. Hij had geen tijd om erover na te denken, want hij moets verder met de voorbereidingen voor het feest. Vijf minuten later zou er al weer iemand komen die met hem zou praten over zijn kleding. Alsof hij zelf niet kon beslissen wat hij aandeed! Hij snapte dat de hofhouding het niet geweldig zou vinden als hij in zijn donkerste gewaad aan zou komen, in bijzijn van het hele volk, maar dat was hij ook niet van plan. Helaas werd zijn voorstel om een indigo gewaad aan te doen met een donkerblauwe mantel afgekeurd. Hij moest een groen gewaad met zeegroene mantel dragen "Daar komt niks van in!" riep Sir Diamant pissig. Hij kon zelf wel beslissen wat hij aandeed?! Na dit gezegd te hebben verliet de kledingmaker spottend buigend de kamer, en Sir Diamant hoorde hem iets mompelen over "een afgang in bijzijn van het hele volk". Op de dag van het feest zelf was er nog even stress over een taart die verkeerd was, maar dat werd snel opgelost door Sir Diamant, die zei dat vijf lagen misschien wel een beetje veel waren, en dat één of twee ook wel goed was. "Het is geen bruidstaart," zei Sir Diamant toen hij merkte dat de kok er meteen tegenin wou gaan. "En het is dit of niets." Toen verliet hij de keuken, op weg naar zijn kamer om zich om te kleden voor het feest. In zijn kamer moest hij nog wel bedenken wat hij aan zou doen. Hij wou niet te donker, maar hij wou niks met groen. Hij besloot een gewaad aan te trekken met de kleuren zilver en blauw, een een donkere mantel. Hij keek in de spiegel. Hij was nog niet tevreden. Het blauw stond hem niet. Hij probeerde zilver met groen. Alhoewel hij van te voren al wist dat hij geen groen zou willen dragen. Tenslotte probeerde hij zwart met paars, met een donkere mantel. Dit vond hij wel mooi. Hij had paars altijd al tot één van zijn lievelingskleuren gerekend, en het zwart was toch nog een beetje donker. Tevreden met zijn keuze ging hij naar de Troonzaal, waar het feest zou worden gehouden. Toen hij daar aankwam, zag hij dat het er heel anders uitzag dan de laatste keer dat hij daar was, tijdens Lavinia's rechtzaak. De banken waren aan de kant geschoven en hadden plaatsgemaakt voor tafels die vol lekkernijen stonden. Tenminste, dat hoopte Sir Diamant. Hij was nog niet helemaal gewend aan het eten uit dit Rijk. Sir Diamant keek verder. Overal hingen kleine lichtbolletjes. Het was winter in het Rijk van het Koraal(niet dat je daar in de temperatuur of de neerslag iets van merkte, het was er altijd warm) en dat betekende dat het rond achten donker zou zijn. Lavinia had hem verteld dat de lichtgevende bolletjes prachtig afstaken op de zwarte hemel. Daarom werd het het Feest van de Duizend Lichtjes genoemd, er waren precies duizend lichtbolletjes opgehangen in de Troonzaal. Sir Diamant keek nog een keer door de Troonzaal, hopend dat hij Lavinia zou zien, maar ze was er nog niet. Misschien kwam ze later nog. Ze had in elk geval niet verteld dat ze niet zou komen, en ze had redelijk positief gesproken over het feest. Er waren al wel andere gasten. Sir Diamant liep naar de troon, en ging er voor staan. Hij was niet van plan het feest voor geopend te verklaren omdat Lavinia er nog niet was, maar blijkbaar dachten de gasten daar anders over. Ze hielden op met praten en keken verwachtingsvol naar Sir Diamant. Die had er niets van door, en keek naar de deur, wachtend op Lavinia. Ze had hem te veel geholpen om nu niet op haar te wachten. Blijkbaar kregen de gasten door dat Sir Diamant nog niets ging zeggen, want ze gingen door met praten. Sir Diamant keek in het rond of hier een klok zou hangen, maar hij kon er geen zien. Weer geen klok, hoe wisten de mensen hier hoe laat het was, naar de zon kijken? Maar hoe wist je dan hoe laat het 's nachts was? In het Rijk van het Verzonken Land was geen zon.

Nooit. Je moest dus wel naar een klok kijken om te weten
hoe laat het was. Sir Diamant vond dat hij te lang wachtte,
en ging maar zoeken naar Lavinia. Hij wou net naar de
deur lopen toen iemand zei:"Diamant, waarom open je het
feest niet?" Hij draaide zich om. Lavinia stond tegenover
hem. Ze had voor de verandering niet haar gebruikelijke
zeegroene jurk aan, maar droeg nu een blauwe jurk, met
zilveren strepen erin.   "Ik
dacht," stamelde Sir Diamant." Maar kan ik dan niet...? Je
was toch...?"   Lavinia keek lichtelijk
geamuseerd toe. Toen begreep Sir Diamant dat hij nog
niet in staat was om het uit te leggen, en hij had al te lang
gewacht met het feest.
"Laat maar," zei hij."Ik leg het later wel uit." Lavinia knikte
dat ze het begrepen had. Sir Diamant liep weer naar de
troon, en schraapte zijn keel. Het werd langzaam stil in de
zaal, maar blijkbaar hadden een paar mensen het niet
door, want zij kletsten als enigen door, zodat iedereen nu
iets meer wist over de visvangst in het Zuiden van het Rijk.
Toen ook zij het eindelijk door hadden kon Sir Diamant aan
zijn toespraak gehouden. Hij schraapte nogmaals zijn keel
en zei:"Vrienden, wij zijn hier bijeen voor een bijzonder
feest. Ik heb de grote eer dat ik dit mag openen. Het is ons,
nee jullie weer gelukt de Gouden Vis te vangen, daarom
vieren we nu dit feest. Helaas is de vanger van de vis hier
niet, omdat die verdwenen is en nog niet teruggevonden
is. Maar laat dat de pret niet drukken! Laten we er een
gezellige avond van maken! Een avond om nooit te
vergeten! Dus vier dit feest vrolijk mee, want nu mag het!
Ik verklaar dit Feest van de Duizend Lichtjes voor

geopend." Sir Diamant kreeg een staande ovatie voor zijn toespraak. Hij wist niet of Kalea het anders deed, maar de mensen vonden het in ieder geval goed. Sir Diamant liep weg bij de troon, naar één van de tafels met lekkernijen. Onderweg werd hij aangesproken door de Genezer.

"Een zeer goede speech mylord," zei hij. "Kalea doet dit soort dingen minder formeler, maar dit was ook mooi. Zeer mooi."

"Dank u," zei Sir Diamant.

"O en trouwens," zei de Genezer," ze staat daar." Sir Diamant glimlachte en bedankte de Genezer. Hij liep naar de richting die de Genezer had aangewezen. Onderweg hoorde hij gasten praten over vissen, water en andere zaken uit het Rijk van het Koraal. Hij kwam aan bij Lavinia. Ze stond, in tegenstelling tot de meeste anderen, alleen. Ze complimenteerde Sir Diamant over zijn toespraak. Veel tijd om elkaar te spreken hadden ze niet, want één van gasten kwam naar hen toe, maar het was duidelijk dat hij daar niet voor Lavinia was.

"Mylord," zei hij, Lavinia negerend,"het is traditie dat de openaar van het feest ook de eerste dans verzorgd. Ik weet niet of u danst, maar het zou leuk zijn als u dat deed." "Wel, als dat traditie is zal ik weinig keus hebben," zei Sir Diamant.

"Heeft u al een danspartner?" vroeg de gast.

"Ik weet wel iemand," zei Sir Diamant. Hij draaide zich om naar Lavinia,"mag ik deze dans van u mylady?" vroeg hij, en hij boog hoffelijk. Lavinia knikte, en Sir Diamant kwam weer overeind. Hij stak zijn hand uit, en Lavinia pakte zijn hand. Allemaal formeel gedoe natuurlijk. De gasten

begonnen te applaudisseren. Er begon muziek te spelen.
Sir Diamant en Lavinia begonnen te dansen. Al gauw
volgen er meer dansparen. Na een paar nummers gedanst
te hebben boog Sir Diamant nogmaals voor Lavinia, en
vroeg of ze hem even kon excuseren. Lavinia knikte dat ze
het begrepen had, en Sir Diamant liep door een zijdeur
naar buiten, naar de Paleistuin. Maar niemand, afgezien
van Lavinia, had zijn vertrek opgemerkt.

Sir Diamant liep door de Paleistuin. Hij liep naar het
strand. Het gelach, de muziek en de stemmen van het
feest vervaagden langzaam. Sir Diamant kwam aan bij het
strand, en stond voor de zee. Het was volle maan, en de
zilverkleurige maan stak prachtig af op de donkerblauwe
zee. Hij zocht de rust op, in plaats van de drukte van het
feest. Hij ging op het zand zitten, en bekeek de zee. Het
was echt een prachtig uitzicht. Lavinia mocht zich gelukkig
prijzen dat ze hier woonde, in zo'n prachtig Rijk. Hij snapte
niet waarom ze weg wilde. Na nog even gezeten te hebben
stond hin weer op. Hij liep langs de kustlijn. Het gegolf van
de zee bracht hem tot rust. Zo kon hij beter nadenken. Er
was veel gebeurt in de afgelopen weken. Sommige dingen
had hij voor geen goud willen missen, zoals het weerzien
van Lavinia, hij dacht sommige momenten zelfs dat het
voorbestemd was dat ze elkaar weer zouden zien. Op
sommige momenten vond hij het bijna waard om verraden
te worden door de kapitein, alleen maar om hier te zijn.
Nu hij over de kapitein dacht voelde hij toch weer een
soort woede. Hij had hem eerst altijd gesteund, op alle
veldtochten op zee die hij gevoerd had uit naam van het

Duistere Leger. De kapitein was een trouw persoon geweest. Maar hij had hem verraden. Hij had gekozen hem tegen te werken. Maar als alles goed zou gaan, zou hij over een paar dagen, als Kalea en Kaliq zouden aankomen op Kasteel Terraronda, zou de kapitein de allerhoogste straf opgelegd krijgen. Verbanning naar het Grauwe Rijk. Een troosteloos oord waar niets groeide. De straf voor landverraad. Sir Diamant hoopte hem nog wel te kunnen spreken voor hij verbannen zou worden. Hij had veel vragen voor de kapitein. Iets deed hem opschrikken uit zijn gedachten. Een stem riep hem. Hij draaide zich om en liep terug naar het Paleis. De stem werd steeds beter te horen, dus hij liep de goede richting op. Hij liep verder. Na een minuut gelopen te hebben zag hij de gedaante van een mens, van een vrouw. Hij liep ernaar toe. Het bleek Lavinia te zijn. Ze keek naar Sir Diamant en zei:"Waarom ging je weg?"   Sir Diamant antwoordde:"Ik zocht de rust van de zee op. Ik wou weg uit de drukte van het feest. Ik kon er niet meer tegen. Ik moest wel weg." Lavinia dacht even na. Toen zei ze:"Je hebt gelijk. Het leven is te druk. Ik zal dit Rijk ook spoedig verlaten. Ik wil hier weg. Dit is niet waar ik me thuis voel."
"Dat gold voor mij ook toen ik in het Rijk van het Verzonken Land was," zei Sir Diamant."Natuurlijk is het een prachtig Rijk, het is alleen..." Hij maakte zijn zin niet af. "Een plek waar je voelt dat je daar niet de rest van je leven wilt slijten?" opperde Lavinia. Sir Diamant knikte.   Lavinia keek naar de zee. "Ik wilde je eigenlijk iets vragen," zei ze toen.   "Ik luister," zei Sir Diamant.
"Toen ik zei dat ik misschien ontslag zou nemen, bedoelde

ik ook dat ik dit Rijk zou verlaten. Maar als jij het goedvindt, wil ik met jou mee. Naar het slagveld. Ik ben een sterke heks, en zoals je zelf zei heb ik potentie. Ik wil mijn magie benutten. Hier moet ik het opbergen en verstoppen voor anderen. Ik wil mijn bijdrage leveren."
"Weet je het absoluut zeker?" vroeg Sir Diamant."Dit is geen lichte beslissing. Ik ben ongeveer even sterk als jij en zelfs mijn leven is al vaak in gevaar beland. Als jij sterft..." Sir Diamant stopte in zijn zin. De gedachte alleen al vond hij onverdraaglijk.   "Ik heb er goed over nagedacht," zei Lavinia.
"Ik zou je niet eens willen weigeren," zei Sir Diamant. Hij keek haar aan. Ze glimlachte. Sir Diamant dacht na. Lavinia wou teruglopen naar het Paleis.
"Lavinia!" riep hij. Ze keek om. Haar blik keek vragend.
"Er is ook iets dat ik aan jou moet vragen," begon Sir Diamant.   "Wat mag dat dan wel zijn?" vroeg Lavinia, en ze keek verwachtingsvol.   Sir Diamant knielde voor haar neer. Zijn hart bonsde in zijn borstkas.   "Lavina," vroeg hij,"wil je met me trouwen?"
Lavinia keek half verrukt, half bezorgd. "Dat mag je niet van me vragen," zei ze."Natuurlijk wil ik wel met je trouwen, maar ik ben maar een arme wees, en jij bent de Oppergeneraal van het Duistere Leger, en toekomstig Heerser van het Magische Rijk. Ik ben niet geschikt voor jou."   "Ware liefde is geen kwestie van arm of rijk. Jij verrijkt op andere manieren. Het maakt me niets uit, al zou je een arme bedelaar zijn. Ik hoef geen rijke prinses uit een één of ander ver Rijk. Jij

bent mijn liefde, en niets zal dat kunnen veranderen, en geld zeker niet." Sir Diamant ging weer staan. "Wat is je antwoord?" vroeg hij. Lavinia keek hem recht in de ogen. Ze knikte, en zei:" Ja, ik wil." En toen kusten ze.
En even leek er niets anders op de wereld te bestaan dan zij met z'n tweeën. Geen oorlog, geen verraders, alleen Diamant en Lavinia.

* * *

Het was weer mistig op de Zee van Oversteek, maar deze keer was het geen gewone mist. Het was magische mist. Opgeroepen door de krachtigste tovenaar van het hele Grote Rijk, Sir Diamant. Slechts één schip voer door deze troosteloze watermassa. Het was het Vlaggenschip van het Rijk van het Koraal, het Varende Koraal. Aan boord waren prins Kaliq en prinses Kalea. Ze voeren naar het Rijk van het Zand. Een Rijk ten Zuid-Oosten van het Rijk van het Koraal. Prinses Samah heerste over dit Rijk. Ze was een zus van prinses Kalea en prinses Diamante. Hun ouders hadden aan elk van hun vijf dochters één van de vijf Rijken in het Grote Rijk geschonken. Prinses Samah, de oudste, kreeg het Rijk van het Zand. Een uitgestrekte zandmassa met één stad, Okerburcht. Ook had het de grootste universiteit van het complete Magische Rijk. Prinses Nives, de tweelingzus van prinses Diamante, kreeg het Rijk van het Eeuwige IJs. Het was eigenlijk een grote ijsvlakte waar het de helft van het jaar compleet donker was, en de andere helft compleet licht. Het lag in het uiterste noorden van het Grote Rijk. Er was een klein dorp, waar mensen vooral leefden van de visserij, maar er was ook een groot Kasteel, Kasteel Arcadia genaamd. Het Rijk van het Verzonken Land was aan Diamante geschonken. Het was een onderaards Rijk, maar desalniettemin belangrijk voor het voorbestaan van het hele Grote Rijk. Het was het Rijk waar het Fatale Vuur, het ultieme Vuur dat alles, maar dan ook alles, kon doen verbranden of smelten. Het mocht dan ook zeker niet in verkeerde handen vallen. Gelukkig werd het goed bewaakt in een onderaardse grot. Het Rijk van het Koraal werd aan prinses Kalea toevertrouwd. Het was een eilandengroep in het midden van de Zee van Oversteek. Er waren drie hoofdeilanden, Sterreneiland, waar Paleis Vergeetmeniet op gebouwd was, Maaneiland, waar de Vuurtoren van het Rijk stond, en Zoneiland, het grootste eiland van het Rijk, waar ook de wedstrijd om de Gouden Vis gehouden werd gehouden. Verder waren er duizenden kleine eilandjes, sommige bewoond door vissers, anderen bewoond door dieren. En als laatste had je het Rijk van het Woud, bestuurd door prinses Yara. Het was een dichte jungle, en het paleis was gebouwd in een grote boom. Er waren, naast het paleis, nog vijf andere dorpen. In het Noord-Oosten had je grote bergen. En de ouders van de vijf prinsessen waren zelf in Kasteel Arcadia blijven wonen, dat werd als het "hoofdkasteel" gezien. De prinsessen waren vrij om te reizen tussen de Rijken. Er waren Portalen, die het makkelijker maakten, maar er waren maar weinig mensen die van het bestaan van deze Poorten afwisten. En dat was maar goed ook, want vijanden zouden deze Poorten makkelijk kunnen benutten.

Maar Kalea en Kaliq gingen niet via de Poorten, zij gingen met de boot naar Okerburcht, en niet naar Arcadia, waar de poort naar Terraronda zich bevond. Sir Diamant had uitgelegd waarom, en dus zouden ze zich eraan houden. Tot zover hadden ze nog geen hinder ondervonden op hun reis op zee. Door de mist van Sir Diamant was het moeilijker om te zien, maar Kaliq was een ervaren kapitein, dus hij was mist wel gewend. Kalea stond op het dek. Ze probeerde door de mist te kijken, in de hoop dat ze iets zou zien, maar dat lukte niet echt. Ze liep terug naar de stuurhut. Kaliq stond aan het roer. De mist werd met de dag dichter, dus ze moesten snel reizen. Anders zouden ze na een dag of drie niet meer door de mist kunnen zien. Gelukkig waren ze er, als alles goed ging, over één dag.
"Hoe kun je in hemelsnaam zien door deze mist?" vroeg Kalea aan Kaliq.   "Ik zie ook niets, evenmin als jij," zei Kaliq,"maar Diamant heeft me dit gegeven." Hij wees op een kompas dat naast het roer hing. "Het wijst de juiste richting aan," vervolgde hij.
"Ik blijf me afvragen waarom Sir Diamant blijft toveren in dit Rijk. Het is duidelijk verboden, en niemand, behalve misschien dat meisje uit het Rijk van het Verzonken Land, is in levens-, ziel- of eergevaar.".
"Misschien heeft hij toestemming gekregen van je vader," opperde Kaliq."Hij zit tenslotte midden in een oorlog."
"Mijn vader zou niemand toestemming geven om te toveren," zei Kalea. "Volgens mij gaan er zelfs geruchten dat hij Diamant verboden heeft in het Grote Rijk oorlog te voeren, en dat hij niet op steun van één van de vijf Rijken kon rekenen."

"Maar ik denk niet dat Diamant dat zo fijn zou vinden," zei Kaliq."Had hij ruzie met je vader?"
"Zou kunnen, zei Kalea en ze haalde haar schouders op. "Het zou ook ergens anders over kunnen gaan. Mijn moeder was ook boos, hoorde ik. En ik denk niet dat zij zich met oorlogen bezighoudt."
"Ik denk ook niet dat we ons ermee moeten bemoeien zolang het ons Rijk niets aangaat. Wij moeten ons nu concentreren op onze opdracht. Wij moeten naar Okerburcht," zei Kaliq.   "Je hebt gelijk," zei Kalea."Ik ga weer naar mijn hut. Roep me maar als je me nodig hebt."   Ze liep de stuurhut uit. Kaliq keek nog even op het kompas. Het stond naar het Zuiden. Hij stuurde het schip naar links. Nog even en ze zouden aankomen in de Haven der Wijzen, in het Rijk van het Zand. Dan zouden ze naar Okerburcht gaan. Ze hadden prinses Samah nog niet verteld dat ze zouden komen, maar hopelijk vond ze het niet erg dat ze zouden komen. Misschien was ze zelfs aangenaam verrast dat ze zouden komen. Hij hoopte het maar. Kaliq gaapte. Hij had al een paar nachten niet geslapen. Hij moest het schip besturen. Kalea had aangeboden om zelf het schip te besturen, maar dat had hij geweigerd. Hij wou niet dat zijn vrouw ook moe werd. Hij stuurde weer rustig door. De hele nacht lang. En de volgende dag ook. De volgende nacht kwamen ze aan in de Haven der Wijzen. De Havenmeester, een man in de typische kleedij van de woestijn, met tulband en al, herkende hen meteen, en begroette hen vriendelijk.
"Prinses Kalea en prins Kaliq, wat een eer om u hier te mogen ontvangen. Wilt u misschien iets te eten of te

drinken? Moet ik vervoer voor u regelen of blijft u hier in de Haven?"   "Dank u voor dit vriendelijke ontvangst. Wij hoeven niets te eten, dank u. Wij hebben echter wel snel vervoer nodig naar Okerburcht. Als u dat voor ons zou kunnen regelen, zou dat heel fijn zijn."
"Wat voor een vervoer wenst u? Wij kunnen paarden of kamelen laten halen, als u dat belieft, maar als u zelf een voorstel hebt dat wij kunnen realiseren horen wij dat graag van u.". Kaliq keek Kalea even aan. "Als u het niet erg vindt overleggen wij even," zei Kalea. De Havenmeester knikte. Kalea en Kaliq fluisterde even, maar kwamen toen tot de beslissing dat ze per paard zouden reizen. De Havenmeester liet zo snel mogelijk twee paarden komen. In de tussentijd sprak de Havenmeester even met Kaliq en Kalea.
"Voordat u zometeen weggaat, moet ik u eerst even waarschuwen. Het schijnt dat er rovers in de woestijn zitten, ik neem aan dat u weet welke kant u op moet rijden, maar mocht u het vergeten zijn raad ik u niet aan om het aan vreemden te vragen. Ze kunnen u diep de woestijn in sturen, en u zult er nooit meer uitkomen."
"Maar wat als we het vergeten?" vroeg Kaliq,"Als we het aan niemand vragen zijn we ook verdoemd."
"Excuseert u mij," zei Kalea snel en ze trok Kaliq met zich mee. "Je hebt Diamants kompas toch?" vroeg ze. Hoe kun je nu vergeten waar je heen moet? Het is hoogstens een dag reizen."   Kaliq zei dat hij het kompas even vergeten was. Kalea keek met een "doe toch niet zo dom-blik" en wendde zich weer tot de Havenmeester.

"Mijn excuses, mijn man en ik moesten even iets...
Bespreken," zei Kalea.   De
Havenmeester zei:"Het is al goed, u hoeft uw excuses niet
aan te bieden. Ik laat snel uw paarden halen en dan kom ik
weer terug."
"Een aardige man," zei Kalea.
"Jij zegt het," zei Kaliq. Hij vertrouwde de man niet.
"Jij vindt hem alleen maar niet aardig omdat hij een
tulband draagt," zei Kalea geamuseerd.
"Het zij zo," zei Kaliq. Toen veranderde hij snel van
onderwerp en begon een gesprek met Kalea over zijn tijd
aan de universiteit van het Rijk van het Zand. Na een
kwartier kwam de Havenmeester terug, met twee
gezadelde paarden. Hij overhandigde ze aan Kaliq en
Kalea.   "Alstublieft. Is er verder nog iets zijn
wat u nodig heeft voordat u aan deze reis begint?" zei de
Havenmeester vriendelijk.
"Nee dank u," zei Kalea. "U bent te vriendelijk."
"Dan rest mij nu niets meer dan u een prettige reis toe te
wensen," vervolgde de Havenmeester. "Misschien zien we
elkaar nog als u terugkomt."
"Misschien," mompelde Kaliq."Kom Kalea, we moeten
gaan," voegde hij eraan toe. Ze reden de Haven uit, Kalea
zwaaide nog naar de Havenmeester, die ook terugzwaaide,
maar Kaliq keek recht voor zich uit, en zei geen woord.

* * *

Op Kasteel Terraronda was de spanning om te snijden. Het
proces tegen Zaffira was al ongeveer een week aan de

gang, maar er waren geen nieuwe bewijstukken gevonden. De Gouverneur, die zijn dochter liever niet in de gevangenis zag zitten, en daarom haar belangen verdedigde, zei dat iemand ook dat mes in haar kamer neergelegd kon hebben om haar erin te luizen. Er werden in het Rijk van het Verzonken Land altijd voor de echte rechtzaak een soort van "voorrechtzaken" gehouden. In deze rechtszaken werden alvast bewijzen behandelt, en werden ook getuigen verhoord. Een voorrechtzaak was niet de taak van de prinses, die moest alleen de echte rechtzaak te doen, maar van de Gouverneur. Helaas stond hij in de rechtzaak niet onpartijdig, dus moest er iemand anders komen. Er werd besloten dat prins Rubin naar de rechtszaken moest gaan. De kapitein had niet veel meer in de melk te brokkelen. Hij had zijn bewijs geleverd, en moest met nieuw bewijs komen. Hij besloot naar zijn kamer te gaan om erover na te denken. Er was niet veel mogelijk om Zaffira ergens bij te betrekken, ze zat in hechtenis en mocht nergens heen. Zijn originele plan was om even getuige te spelen en zich er daarna niet meer mee te bemoeien, maar prins Rubin liet hem constant verschijnen om te getuige. Alsof hij de kroongetuige was! Natuurlijk had hij het mes gevonden en hij was degene die Zaffira had laten arresteren, maar daar bleef het wel bij. Hij moest nieuw bewijs verzinnen, daar kwam het in feite op neer. Het lichaam was al begraven, dus hij kon geen "ze heeft het lichaam ergens verstopt truc" uitvoeren. Hij moest met bewijs komen. Of toch niet... Als hij dit voldoende bewijs vond hoefde hij niet meer te leveren. Hij had een moordwapen, en een moordenaar die op het tijdstip van de moord op de plaats van de moord was. Wat wou de prins nog meer? Tevreden over zijn plan ging hij terug naar de Troonzaal, om het de prins te vertellen.

"Genoeg bewijs?" riep Rubin Blue in de Troonzaal. Hij stond op van de troon en keek naar Zacharias. Aan Zacharias' blik te zien was hij het niet eens met de kapitein. Maar voordat hij zijn mond kon opendoen, was de kapitein hem voor.
"Ik heb u een moordenaar geleverd die de middelen had, en op de plaats delict was toen het gebeurde. Wat wilt u nog meer?"
"Zoals ik u eerder verteld heb," begon Zacharias," is het mogelijk dat iemand het mes daar heeft neergelegd en dat Zaffira toevallig daar was. Het was al een week van te voren zeker dat ze naar de Minister van Buitenlandse Zaken ging."
"Misschien heeft ze die moord dan ook al een week van tevoren gepland," zei de kapitein. Tot nu toe was hij tevreden over deze voorrechtzaak.
"Maar misschien ook niet," zei Zacharias.
"Maar aangezien u geen bewijs hebt dat ze dat niet heeft, kunt u niets beweren," zei de kapitein.
"Ik zal volgende week terugkomen met goed bewijs," zei Zacharias,"dat zweer ik!"
"Prima, maar als u geen bewijs hebt eis ik een vervroegde rechtzaak," zei de kapitein. Hij legde hoge druk op de schouders van de Gouverneur. Als hij volgende week zonder bewijs terugkwam werd zijn dochter vervolgd voor "de brute moord op de Hofmeester". Rubin gebood de

kapitein te vertrekken. Toen de Gouverneur ook wou gaan
hield hij hem tegen. Blijkbaar wou Rubin nog iets met hem
overleggen. De kapitein ging terug naar zijn vertrekken. Hij
wou net een boek pakken om te lezen, maar toen werd er
op de deur geklopt. Hij deed de deur open. Een
krantenjongen stond voor de deur. De kapitein betaalde
de jongen voor de editie van de dag. Hij besloot dat hij
meer zin had om de krant te lezen dan een één of ander
boek. Hij sloeg de krant open. Op voorpagina stond niets
interessants, een verhaal over een mislukte oogst in een
één of ander ver Rijk, maar op de tweede pagina stond iets
dat wel zijn aandacht trok.

---

*Dood lichaam aangespoeld in het Rijk
van het Koraal*

*Hedenmorgen is er een dood lichaam
aangespoeld in het Rijk van het Koraal.
Het lichaam is geïdentificeerd en het is
van de visser Kwalio, de winnaar van de
wedstrijd voor de Gouden Vis. Of hij
vermoord is is nog niet zeker. Volgens de
officiële verklaring moet forensisch
onderzoek nog uitwijzen wat er gebeurt
is, maar Sir Diamant, de tijdelijke heerser
over het Rijk totdat prinses Kalea en prins
Kaliq terugkomen van hun staatsbezoek*

De kapitein las al niet meer verder. Hij wist al wat er
komen ging. Sir Diamant zou bewijs leveren dat hij de
moord had begaan. Daarbij werd in het krantenartikel
gesproken over Sir Diamant, terwijl hij dood zou moeten
zijn. Hoe kwam het überhaupt dat hij nog leefde? Hij had
hem toch neergestoken en in de zee gedumpt? Hij had
geen tijd om hierover te denken. Hij moest Kasteel
Terraronda ontvluchten. Hij moest weg uit het Grote Rijk.
Hij dacht niet aan spullen pakken, dat zou veel te veel tijd
kosten, en liep naar de deur. Maar voordat hij die deur kon
openen werd er al op de deur geklopt.
"Kapitein, wilt u de deur openen en onmiddelijk
meekomen naar de prinses. Ze wil u dringend spreken,"

klonk een onbekende stem van achter de deur. Waarschijnlijk een soldaat die hem wou arresteren. Hij had een plan nodig. Hij keek de kamer rond. Hij zag een kruisboog met een pijlenkoker tegen de muur staan. Hij pakte de kruisboog met pijlen en ging met gespannen boog voor de deur staan. Hij haalde behendig met zijn voet de deur van het slot. De soldaat ging de kamer binnen. De kapitein had geluk, het was maar één soldaat. Hij schoot de pijl. Hij raakte de soldaat in zijn borst. De soldaat was dood. De kapitein liep naar de gang, met de boog in de aanslag. Voor hij de hoek om ging keek hij of er een wachter stond. Die stond er wel, maar dat had hij ook wel verwacht. Hij herlaadde de kruisboog en schoot. De wachter zakte in elkaar. De kapitein herlaadde zijn kruisboog, voor het geval dat er een andere wachter zou staan. Hij liep naar de zijtrap. Maar net toen hij een hoek om wou gaan kwam hij een hofdame tegen. Ze zag hem en de kruisboog en gilde. De kapitein schoot, en ook zij zakte bewusteloos in elkaar. Wachters kwamen op het gegil af. Het was onmogelijk voor de kapitein om ze allemaal neer te schieten, een kruisboog was zwaar en je kon ongeveer één pijl per minuut afschieten, dus hij zette het op een lopen. De wachters renden achter hem aan. Hij rende over de trap, naar de begane grond. Hij rende door naar de grote toegangspoort van het Kasteel. Deze ging uit zichzelf open. Hij rende door. Hij kwam in het tunnelstelsel van het Rijk van het Verzonken Land terecht. Misschien kon hij de wachters hier afschudden en zich dan tijdelijk verstoppen. Hij was zo aan het nadenken over een mogelijke ontsnapping dat hij willekeurige gangen insloeg. Plotseling moest hij remmen. Hij was in een doodlopende gang terechtgekomen. De gang liep uit op een diepe onderaardse poel. Maar deze was niet gevuld met water, maar met lava! De wachters stonden inmiddels in dezelfde gang. Een aantal hadden een boog, die ze gespannen hadden. Zodra hij een pijl zou schieten zou er op hem geschoten worden en hij zou in de lava vallen. Hij zocht in zijn zak. Er zat een kleine robijn in. Hij had hem ooit van iemand gekregen. Diegene had gezegd:" Gebruik hem als er geen andere uitweg is." Deze situatie kon je wel uitzichtloos noemen. Hij liet de robijn in de lava vallen. Het borrelde en siste. Hij riep tegen de wachters:"Ik ben liever dood dan dat ik me overgeef en verbannen wordt naar een uitzichtloze plek. Vaarwel!" Na deze woorden liet hij zich achterover in de lava vallen. De wachters renden naar hem toe, ze zagen hem vallen. Hij schoot voordat hij in de lava zou vallen nog één laatste pijl af, en nam nog één wachter van Terraronda mee zijn graf in. Hij viel, zonder ook maar te gillen of schreeuwen. Hij zou in stilte zijn laatste daad in dit leven verrichten.

* * *

Het was al bijna avond in het Rijk van het Zand, en de zon scheen fel in de ogen van Kaliq en Kalea.
"Hoe lang is het nog reizen?" klaagde Kalea. Kaliq zei dat het niet langer dan een half uur kon duren voor ze haar zus in de armen kon sluiten.
"Nog een half uur?!" riep Kalea. "Dan drogen we zowat uit van de hitte!"   Kaliq ging er niet op in. Hij had geen zin in

een lange discussie die geen van beide vrolijker zou maken. Ze reden zwijgend door. Kalea dacht aan de reis die ze al hadden gemaakt. Toen ze begonnen had ze nog wel goede moed, maar na een kwartier in de brandend zon te hebben gereden werd ze al humeurig. Het duurde te lang, ze had dorst, ze had zadelpijn, er waren veel klachten. Kaliq was, integendeel tot Kalea, vaker in het Rijk van het Zand geweest en had al vaker lange tochten gereden in zijn studietijd aan de universiteit. Hij wist dat het langer duurde als je klaagde. Hij had best wel respect voor de nomaden uit de woestijn, die elke week wel zo'n reis ondergingen. Zij hadden het zo zwaar nog niet. Na vijf minuten vroeg Kalea:"Hoe lang is het nog reizen?" Kaliq werd er gek van. Als zijn vrouw van plan was om elke vijf minuten te vragen hoe lang het nog was zou hij na tien minuten rechtsomkeert gaan, terug naar het Rijk van het Koraal. Hij wist zeker dan Sir Diamant niet zoveel zou zeuren als hij deze reis zou ondergaan, maar waarschijnlijk lag dat ook het feit dat hij vaker dit soort lange reizen had ondergaan. Ze reden zwijgend door. Na tien minuten riep Kalea:"Kijk, ik zie het paleis en de stad! Daar is Okerburcht. Ze liet haar paard sneller rijden, en Kaliq volgde haar. Na vijf minuten begonnen ze al weer zachter te rijden. Het was toch niet zo dichtbij als ze hadden gehoopt. Gelukkig waren ze na nog een minuut of vijf aangekomen op Kasteel Okerburcht. Ze reden door de toegangspoort van de stad. Ze zagen veel mensen op straat. Overal zag je wel kinderen die speelden, ambachtslieden die hun spullen maakten of gewoon mensen die naar huis aan het lopen waren. Ze reden door de poort van het Paleis. De

poortwachter herkende, net als de havenmeester, hen meteen. Ze mochten doorgaan. Hij zei dat ze hun paarden het best aan de Stalmeester konden geven, en dat prinses Samah op de hoogte zou worden gesteld. Ze liepen over de binnenplaats, en gingen naar de stallen, waar de Stalmeester in zijn eentje de paarden stond te verzorgen. De Stalmeester liep naar de paarden en nam ze aan. Hij gaf ze eten en drinken, wat ze meteen gulzig opdronken.
"Wij moeten morgen weer verder, is dat mogelijk op deze paarden of moeten we anderen gebruiken?" vroeg Kaliq.
"Hoe lang reist u al met deze paarden?" vroeg de stalmeester bedachtzaam.   "De hele dag al," antwoordde Kaliq.
"Dan raad ik aan om deze paarden niet nog eens te gebruiken. U kunt nieuwe paarden krijgen van mij."
"Dank u," zei Kaliq."Dat is heel aardig."
Kaliq liep de stal uit, en Kalea volgde hem. Ze liepen terug naar de binnenplaats van het paleis, waar prinses Samah al stond te wachten.
"Kalea! Kaliq! Waar heb ik dit bezoek aan te danken?" vroeg Samah, terwijl ze haar zus omhelsde.
"Het nieuws dat we brengen is niet al te vrolijk. We bespreken het binnen wel, we hebben weinig tijd," zei Kalea. "Morgen moeten we weer door naar Kasteel Terraronda," voegde Kaliq eraan toe. Samah knikte, en ging hen voor naar de Troonzaal. Eenmaal aangekomen bood ze Kaliq en Kalea eerst iets te eten en te drinken aan, wat ze maar wat graag aannamen. Na gegeten en gedronken te hebben vroeg Samah nogmaals waarom ze hier waren. Kaliq stak van wal:"Een paar weken geleden

spoelde een schipbreukeling aan op het Witte Strand. Het was echter niet zomaar een schipbreukeling, het was Diamant."   "Hoe is Diamantes zoon aangespoeld op het Witte Strand?" vroeg Samah verbaast.   "Dat zal ik je uitleggen," vervolgde Kaliq. "Hij spoelde bewusteloos aan, maar we wisten hem te redden. Hij verkeerd al tijden niet meer in levens gevaar," zei hij toen hij Samah ongerust zag kijken. "Hoe dan ook, Diamant zei dat de kapitein van Terraronda verraad had gepleegd. Heb je gehoord van de moord op de Hofmeester van Terraronda?" vroeg hij. Samah knikte. "Die is, volgens Diamant dan, niet door dat meisje vermoord die nu als schuldige wordt aangewezen, maar door de kapitein. Dat is ook waarom we hier zijn. Om door te reizen naar Kasteel Terraronda en om daar Diamante te vertellen wat er werkelijk is gebeurt," besloot Kaliq zijn verhaal. Samah glimlachte geruststellend. "Ze weet het al," zei ze. "Het stond in de krant. Kijk maar," zei ze, en ze liet het krantenartikel zien. Het eerste wat Kalea las was: Dood lichaam aangespoeld in Rijk van het Koraal, en ze schrok. Kaliq echter las door het hele artikel heen. Toen hij klaar was met lezen, zei hij:"Dus jij wist al dat we zouden komen." Het was geen vraag, maar een constatering, maar Samah knikte toch. "Ik raad jullie nog steeds aan om verder te reizen," zei ze."Waarschijnlijk wil Diamante de hele waarheid horen."
"Dat waren we ook van plan," zei Kaliq.
"Dus jullie gaan morgen weer weg?" vroeg Samah. Kaliq knikte.   "Willen jullie nu rusten, of willen jullie nog iets doen in het Paleis?" vroeg

Samah. Kalea zei dat ze liever wou rusten. Kaliq was het eens met zijn vrouw. Samah wees ze hun kamers. Kaliq en Kalea kleedden zich om, en gingen te bed. Ze sliepen snel in, met mooie dromen.

* * *

In het Rijk van het Koraal ging het leven weer rustig zijn gangetje. De festiviteiten voor het Feest van de Gouden Vis waren voorbij, en iedereen ging weer gewoon aan het werk. Behalve Lavinia en Sir Diamant. Sir Diamant had een Rijk om te besturen en Lavinia was met verlof. Ze wou met Sir Diamant plannen maken voor de bruiloft, maar Sir Diamant wou daarmee wachten, omdat hij toch eerst toestemming nodig had van zijn ouders. Niet dat hij verwachtte dat ze nee zouden zeggen, maar het werd formeler als ze pas begonnen met de voorbereidingen als ze officieel verloofd waren. Dus Lavinia moest iets anders verzinnen om de tijd te doden. Gelukkig was de Genezer er nog. Hij had veel interessante boeken over hoe met Magie om te gaan. Ze las dus het grootste deel van de dag. Sir Diamant had besloten dat hij vanuit Paleis Vergeetmeniet de oorlog tegen de Feeënkoningin door wou zetten, dus liet hij zijn generaals naar het Rijk van het Koraal komen om plannen maken voor nieuwe veroveringen, in plaats dat hij dat in zijn eigen Paleis deed. Lavinia had gedacht dat Sir Diamants generaal een geharnaste Duistere ridder of tovenaar zou zijn, maar het bleek een vrouw te zijn. Eigenlijk was ze geen vrouw, maar een feeks. Een vrouwachtig wezen met grote, zwarte vleugels. Ze heette

Harpij en was de Koningin der Feeksen. Ze was altijd in het gezelschap was Kela, een andere feeks die voor haar verslagen maakte van de gesprekken die ze voerde met Sir Diamant, en ze had altijd haar zeis bij zich. Lavinia vroeg zich af of ze die altijd bij zich droeg, of dat ze dit Rijk niet vertrouwde. Sir Diamant wou de gesprekken in de Troonzaal voeren, maar dat vonden de andere hovelingen geen goed idee. Zij waren sowieso al tegen het idee dat Sir Diamant zijn generaals naar hun Rijk meenam, maar toen hij oorlogen ging plannen in het hart van hun vreedzame Rijk, was de maat vol. Sir Diamant moest noodgedwongen naar zijn kamer, die minder groot was, maar waar wel een tafel stond waar kaarten op gelegd konden worden. De hovelingen waren niet in hun nopjes met het bezoek van de Feeksenkoningin, maar toen Sir Diamant aankondigde dat hij ook de Heksenkoningin wou vragen om hierheen te komen om zijn plannen na te kijken werden de hovelingen boos. Sir Diamant moest van zijn originele plan afwijken, omdat Harpij door de Raad van het Rijk voor een tijd verbannen was uit het Rijk van het Koraal, en hij Strega, de Heksenkoningin, niet hetzelfde gunde. Hij had nog wel genoeg tijd om Harpij erop uit te sturen om een veldslag tegen het Rijk van de Woudnimfen, maar dat liep uit op een fiasco voor het Duistere Leger.
"Ik heb mijn generaals niet kunnen voorbereiden op wat ze daar te wachten stond," mopperde Sir Diamant."Dan is het toch logisch dat we verliezen!"
Lavinia haalde haar schouders op en zei dat één verloren veldslag niet heel veel uitmaakte, maar Sir Diamant begon meteen over mogelijke andere aanvallen van de

tegenpartij, zodat ze gedwongen was hem zijn gelijk te geven.
"Hij voelt zich opgesloten," zei de Genezer. "Dat is niet goed voor een sterke krijger als Sir Diamant. Zodra Kalea en Kaliq weer terug komen, zal hij, na de bruiloft natuurlijk, zich meteen weer bij de legers voegen.".
Lavinia knikte dat ze het begrepen had, en de Genezer ging weer weg.

Het feit dat Sir Diamant geen oorlogsplannen kon maken was niet het enige waar hij over klaagde. Het weer was voor hem verschrikkelijk. Het einde van de winter kwam eraan, dus het werd met de dag warmer en lichter, zodat Sir Diamant niet kon slapen. Hij was natuurlijk een gemiddelde nachttemperatuur van één à twee graden gewend en in het Rijk van het Verzonken Land was het altijd donker, dus volgens hem was het hier veel te licht en te warm. Lavinia kon hem geen ongelijk geven, toen zij terugkwam van de Toveracademie vond zij het hier ook veel te warm, maar ze wist hem te kalmeren door te zeggen dat het een kwestie van tijd is. Toen Sir Diamant met de dag chagrijniger werd besloot de Genezer dat het tijd was voor controle op mogelijke ziektes. De Genezer kwam tot de conclusie dat Sir Diamant leed aan de Belurites, een ziekte die er voor zorgde dat je chagrijnig werd. Sir Diamant moest van de Genezer een smerig, paars brouwsel opdrinken, en na een paar dagen was Sir Diamant weer zichzelf. Een dag later liet Sir Diamant Lavinia bij zich komen. Hij bood haar ten eerste zijn excuses aan omdat hij zo chagrijnig was de laatste dagen.

"Daar kon jij niets aan doen. Je was ziek, dat kon je niet voorkomen," zei Lavinia.

"Daar wilde ik het met je over hebben," zei Sir Diamant. Hij liep naar de deur en controleerde of hij op slot zat. Toen sloot hij met een gebaar van zijn toverstok de gordijnen, maar gebruikte Magie om het licht te maken in de kamer."Ik ben nog nooit ziek geweest, en jij ook niet," zei hij. Hij sprak in het Latijn, en Lavinia begreep dat dit een privéconversatie zou worden. Ze dacht na. Ze was inderdaad nog nooit ziek geweest.

"Volgens mij ligt het eraan dat onze Magie ons beschermt tegen mogelijke ziektes," vervolgde Sir Diamant."Als ik dit eiland verlaat zal ik het natrekken, maar ik denk dat het zo werkt."   "Maar toch was je ziek," zei Lavinia."En als je die dromen als ziekte meerekent ben je zelfs twee keer ziek geweest!"

"Precies. Ik weet niet of de kapitein kan toveren, maar..."

"Kon toveren, bedoel je," onderbrak Lavinia hem.

"Hoe bedoel je?" vroeg Sir Diamant.   "Weet je dat nog niet?" zei Lavinia," laatst was er in het Rijk van het Verzonken Land een krantenartikel over die visser die was aangespoeld. Die spion van de kapitein.".

"Kwalio," zei Sir Diamant. Hoe kon hij hem vergeten? Hij moest nog steeds de complete waarheid achterhalen over waarom hij de kapitein hielp.

"Ja die," vervolgde Lavinia."Er was dus een artikel over hem, maar daarin werd jij geciteerd, omdat jij de tijdelijke verantwoordelijke bent voor dit Rijk en haar inwoners."

Sir Diamant kon zich het interview herinneren. Hij wist waar Lavinia naartoe wilde.   "In dat interview zei ik dat de kapitein een verrader is. En dat is in Terraronda gelezen," zei Sir Diamant."Maar waarom is de kapitein dan dood. Je gebruikte de verledentijdsvorm, dus hij is niet verbannen of gevangengezet."

"Hij probeerde te vluchten, maar liep een doodlopende tunnel in. De tunnel eindigde in een lavameer. Blijkbaar is hij erin gesprongen. Heb jij de krant van vandaag nog niet gelezen?"   "Vergeten te doen," zei Sir Diamant. "Maar het is jammer dat alle verdachten die ik aan wou wijzen dood zijn. Nu kunnen we ze ook niet meer naar de waarheid vragen."   "Dat klopt," zei Lavinia,"maar we hoeven ons ook geen zorgen meer te maken over de kapitein, en dat is ook fijn."

"Dat is waar, maar voor de waarheid wil ik me best zorgen maken," zei Sir Diamant."Maar waar ik het over wou hebben was: Wat als de kapitein niet uit eigenbelang handelde, maar voor een grotere macht vocht?"

"De Feeënkoningin?" opperde Lavinia, maar Sir Diamant schudde zijn hoofd. "Zij zou nooit haar toevlucht nemen tot Duistere Magie. Ik weet zeker dat het niet de Feeënkoningin is. Maar wat is het wel?"

"Misschien vocht hij voor een macht die wij niet kennen. Misschien is er meer dan alleen het Magische Rijk. Misschien zijn nog niet alle buitengrenzen bekend."

"Het lijkt me niet dat er meer is dan het Magische Rijk, en alle grenzen zijn ontdekt. Maar ik sluit me aan bij je theorie dan er misschien een macht is die wij nog niet kennen. Misschien houdt die zich wel schuil in een één of andere ver Rijk, wachtend op het juiste moment om toe te slaan."

Lavinia huiverde bij de gedachte. Ze moest er niet aan denken dat er naast de Feeënkoningin nog een vijand was, als was het niet te ontkennen dat iets zich ontwikkelde. Maar dit was voor hen een slecht moment om toe te slaan, dat wist ze wel. Anders hadden ze allang aanvallen gepleegd. Toen schoot haar iets te binnen. Iets dat misschien antwoord kon geven op de vragen. "Als het geen Duistere Magie was, wat was het dan?" vroeg ze. "Misschien kan ik met mijn Magie kijken wat het was." Sir Diamant schudde zijn hoofd."Doe daar geen moeite voor. Ik weet al wat het is. Of eigenlijk weet ik het juist niet. Dat is het belangrijkste waar ik het met je over wou hebben. Toen ik mezelf nakeek, ontdekte ik iets vreemds." "Wat was het?" vroeg Lavinia.

"Een grijze substantie. Dat dwarrelde om me heen. Het was geen Zwarte Magie, daar ben ik van overtuigd. Het was iets anders. Iets dat nog veel gevaarlijker is. Juist omdat ik niet weet wat het is. Maar één ding weet ik wel. De kapitein vocht voor die kracht."

"Hoe weet je dat?" vroeg Lavinia.

"Het was de nacht dat de kapitein me overboord gooide. Het was mistig. Ik stond op het dek, en wilde naar binnen gaan. Maar toen hoorde ik stemmen. Ik toverde de mist opzij om te zien waar de stemmen vandaan kwamen. Ik zag het wel, en wilde alarm slaan, maar toen viel de kapitein me aan."

"Wat zag je? Was het een spookschip?" vroeg Lavinia opgewonden.   "Nee," zei Sir Diamant."Iets dat veel, veel erger is. Een schip met grijze zeilen, grijze masten en grijze kanonnen. De naam van het

schip was "De Schim van de Zee", en ik weet zeker dat het iets te maken heeft met het grijze van de Magie die om me heen hing. Maar erger nog, ik zag wezens op de schepen. Ze waren zwart, en hun lijf was van een vreemde vacht, ik kon het niet goed zien. Ze werden aangevoerd door een gedaante die een kap droeg. En dat kan de kapitein niet zijn, want hij zat op mijn schip, en Kwalio was slechts een handlanger, hij zou geen schepen mogen aanvoeren."
"Maar betekend dat..." begon Lavinia. "Dat betekend het zeker. Hoewel de kapitein en Kwalio dood zijn, is er een derde vijand. En die zou overal kunnen zijn. We weten niet wie hij is, of waar hij nu is. We moeten op onze hoede zijn."

* * *

Het werd bijna licht in het Rijk van het Zand. De zon was nog net niet boven de horizon, maar het was niet meer extreem donker. Een vrouw liep door de woestijn. Ze had honger en dorst, maar dat weerhield haar er niet van om verder te lopen. Ze liep naar het Zuid-Westen. Ze had een grote fout gemaakt, en die moest ze rechtzetten. Het was geen slim idee geweest om in het Rijk van het Zand aan wal te gaan, maar die fout kon niet meer rechtgezet worden. Ze dacht na over wat er de afgelopen dagen was gebeurd. Het was een grote fout geweest om op de kapitein te vertrouwen, het was een lafaard, en hij had alles in de soep laten lopen. Zijn meesteres zal niet blij met hem zijn. Eerst was hij er niet in geslaagd Sir Diamant te doden, toen had hij gesolliciteerd naar de post van admiraal, wat hem alleen maar verdachter maakte voor oplettende mensen, zoals Sir Diamant. Daarna had hij een hoveling van Terraronda vermoord, wat iedereen alert maakte op mogelijke indringers, en als druppel die de emmer deed overlopen pleegde hij zelfmoord. Hij had gefaald, maar zij zou niet falen, ondanks de fout in het verleden, hoewel dat ook de schuld van de kapitein was. Ze ging nu terug naar zee, naar het Rijk van het Koraal. Zij zou haar meesteres niet teleurstellen. Zij zou overwinnen, en ze zou de weg vrij maken voor haar meesteres. Ze had gehoord dat Sir Diamant een krachtige tovenaar was, maar zij was, tenminste, dat dacht ze, oneindig veel krachtiger. "Geniet maar van je rust, Sir Diamant," zei ze hardop, wetende dat niemand in de wijde omgeving haar zou horen."Binnenkort geniet je van eeuwige rust."

Mijlen verder naar het Zuiden van het Rijk van het Zand werden Kaliq en Kalea wakker in Paleis Okerburcht. Ze kleedden zich weer aan, en gingen naar de eetzaal, voor een lekker ontbijt. Dat bestond onder andere uit een Shahan(spreek uit als sjaan), een typisch gerecht uit het Rijk van het Zand. Het was een broodje, gevuld met pudding en appel. Het smaakte lekker. Verder was er brood, dat waren ze wel gewend, brood was tenslotte het meest gegeten voedsel in het hele Magische Rijk, en er waren diverse soorten beleg en als drinken was er perziknectar, een traditioneel drankje uit het Rijk van het Zand. Ze zaten aan tafel met prinses Samah. Ze vroeg of ze goed geslapen hadden vannacht. Kalea antwoordde dat ze goed geslapen had, en keek naar Kaliq. Die antwoordde hetzelfde.

"Mooi zo," zei Samah. Toen vervolgde ze:"Willen jullie vandaag door naar het Rijk van het Verzonken Land?"

"Als het kan, gaan we zo snel mogelijk," zei Kaliq."Hoe ver is het reizen?" voegde hij eraan toe.   Samah dacht even na. "Volgens mij is het naar de bergen een paar uur paardrijden zonder rust. Eenmaal in de bergen zul je te voet verder moeten gaan, maar het zal daar niet langer dan een half uur lopen zijn. Ik weet helaas niet hoelang het duurt voordat je op Kasteel Terraronda bent. Te voet denk ik een uur, zoiets?"

Kalea was niet blij met het vooruitzicht dat ze wéér een aantal uren moesten reizen, maar er zat niets anders op. Ze moesten het voltooien, anders zou haar zus niet weten dat haar zoon nog levend was, of dat de kapitein een verrader was. Zij kon natuurlijk niet weten dat ze op Kasteel Terraronda allang wisten hoe het in elkaar zat. Maar waarschijnlijk waren er nog wel dingen die Diamante van haar zus wilde weten, dus de reis zou niet voor niets zijn. Na het eten zorgden Kalea en Kaliq ervoor dat alles weer reisklaar werd gemaakt. Ze kregen nieuwe paarden van de Stalmeester, en van Samah kregen ze proviand mee, voor als ze wouden rusten. Na een uur konden ze vertrekken. Ze werden uitgezwaaid door prinses Samah, en vertrokken uit Okerburcht. Na een paar uur onophoudend reizen kwamen ze bij de bergen in het Zuid-Westen aan. Ze zette hun paarden aan om terug te lopen naar Okerburcht. Ze liepen door een pas in de bergen. Boven hen vlogen adelaars. Kalea keek angstig omhoog. "Niets om bang voor te zijn, ze doen niets," zei Kaliq. Zijn vrouw keek hem aan. "Wat zijn dat voor roofvogels?" vroeg ze, terwijl ze omhoog bleef kijken. De vogels wierpen schaduwen over de bergpas. Één van hen slaakte een kreet. Kalea schrok, en viel bijna. Kaliq wist haar nog maar net op te vangen.

"Adelaars, denk ik," zei Kaliq. Hij hielp haar weer op beide benen te staan."Natuurlijke vogels," voegde hij eraan toe. Hij keek omhoog. De adelaars hadden bronzenkleurige veren. Het leek wel alsof het brons het zonlicht reflecteerde. Één van de vogels vloog omlaag. Kaliq en Kalea bleven staan. De vogel streek voor hun voeten neer. De vogel deed zijn snavel open, en kraste luid. Kalea deed haar handen tegen haar oren. De vogel keek haar aan. Toen keek hij naar Kaliq. Hij begon met krassende stem te praten, iets waar Kaliq en Kalea van schrokken. Kaliq moest zijn standpunt dat deze vogels "natuurlijk" waren misschien herzien. Het waren magische vogels. De vogel kraste:"Gegroet prins Kaliq en prinses Kalea. Ik breng een bericht van Sir Diamant."

"Kunnen alle vogels van Sir Diamant praten?" vroeg Kalea. Ze deinsde een beetje terug van de vogel. De vogel zag het, maar ging er niet op in. Hij beantwoordde wel de vraag van de prinses. "Niet allemaal. Sommige vogels zijn anders dan andere. Maar ik ben hier niet om over vogels te praten. Sir Diamant zegt dat jullie op jullie hoede moeten zijn. Het is gevaarlijk. Sir Diamant denkt dat er ergens een vijand rondzwerft die hij nog niet kent, maar die desalniettemin gevaarlijk is."

"Geeft hij verder nog instructies?" vroeg Kaliq.

De vogel knikte. "Hij zei dat er een snellere weg was. Hij

kwam er later pas achter toen hij de kaart nog eens goed bekeek. Jullie moeten rechtdoor, maar bij de eerste afslag moeten jullie naar rechts. Dan kom je eerder bij Kasteel Terraronda. Het is belangrijk dat jullie er snel aankomen."
"Dankjewel, euh... vogel," probeerde Kalea. Ze zocht naar de goede woorden om de vogel te bedanken.
"Graag gedaan," zei de vogel, en hij vloog weer omhoog.
"Natuurlijke vogels zei je?" zei Kalea. Ze glimlachte. Kaliq werd rood. Hij keek omhoog. De vogels waren intussen verdwenen. Ze liepen verder. Tot ze bij de afslag kwamen. Ze liepen naar links. Het pad werd steeds donkerder. Na een paar uur gelopen te hebben zei Kaliq:"Ik vertrouw het niet. Het is te donker en we zijn al veel te lang onderweg. Ik denk niet dat dit de goede weg is. Laten we teruggaan."
"Waarom zou Diamant een vogel sturen om te liegen?" zei Kalea. Kaliq haalde zijn schouders op. De weg liep in een bocht, maar liep daarna dood. "Ik zei het toch," zei Kaliq. De weg loopt dood. Dit is niet de goede richting."
"Misschien zijn er verborgen doorgangen?" opperde Kalea. Ze liep naar de rotswand en hield haar hand ertegenaan om te kijken of er niet ergens een steen loszat. Kaliq vertrouwde het niet en keek wantrouwig om zich heen. Hij keek omhoog.
"Kalea, ga liggen," schreeuwde hij, en een grote vogel vloog naar beneden, met op zijn rug een gekapte gedaante, die gemeen lachte.

In het Rijk van het Koraal ijsbeerde Sir Diamant in zijn kamer. Hij had allang een bericht van zijn moeder moeten ontvangen. Kalea en Kaliq zouden ongeveer vier uur geleden aangekomen moeten zijn op Kasteel Terraronda. Hij had zijn moeder een magisch perkament gegeven waarmee ze met hem kon communiceren. Ze zou allang contact met hem hebben opgenomen als ze wist dat hij hier was. Hij vroeg zich af waarom ze dat niet gedaan had toen ze in het krantenartikel las dat hij nog leefde en in het Rijk van het Koraal was. Misschien dacht ze dat dat geen noodgeval was. Hij had immers gezegd dat ze het magische perkament alleen in noodgevallen mocht gebruiken. Maar nu zou ze zeker wel contact met hem willen opnemen, daar was hij van overtuigd. Hij liep zijn kamer uit. Hij liep op de gang. Op de gang liep hij Lavinia tegen het lijf. "Lavinia, jou wou ik net spreken," zei hij. Lavinia keek vragend, en Sir Diamant vervolgde:"Weet jij of er in dit Rijk een stilstaande poel water is, niet groter dan twee vierkante meter?"

Lavinia keek bedachtzaam. "Ja, die zijn er. Maar wat wil je ermee gaan doen?"   "Waar zijn ze?" vroeg Sir Diamant gretig.

"Op Maaneiland. Er zijn er best veel. Sommige groter dan andere."   "Geweldig," zei Sir Diamant. "Wil je mee? Ik denk dat ik je hulp hard nodig zal hebben."   "Oké, prima. Maar als je me eerst nou kon uitleggen wat van plan bent..."

"Geen tijd voor uitleg," zei Sir Diamant gehaast. Hij mocht geen seconde verspillen. Hij stak zijn hand uit. Lavinia pakte hem, en hij sprak een Teletransportatiespreuk uit. Even zaten ze in het Eeuwige, de plek waar je was als je een Teletransportatiespreuk gebruikte, je was er niet lang, maar je merkte het wel, maar snel waren ze op de door Sir

Diamant gekozen plek, op Maaneiland.

"Waar zijn de poelen?" vroeg Sir Diamant. Hij keek in het rond, zag een geschikte poel en zonder op antwoord te wachten liep hij met ferme pas naar de poel toe. Lavinia rende achter hem aan.

"Diamant!" riep ze."Wat ga je doen?"

Sir Diamant stopte bij de geschikte poel. "Kaliq en Kalea zouden allang op Kasteel Terraronda moeten zijn, en mijn moeder heeft een manier hoe ze contact met me kan opnemen, maar ik heb nog niets vernomen van Kaliq, Kalea of mijn moeder. Dat vind ik verdacht. Met deze poelen kan ik een Zienend Oog maken, een magische Zichtsdoorgang waarmee je op een plek naar keuze kan zien. Zo kan ik zien waar Kaliq en Kalea zijn, en kan ik naar ze Teletransporteren. Dat kan alleen als ik weet waar ze zijn, daarom heb ik dat Oog nodig."

"Hoe maak je een Zienend Oog?" vroeg Lavinia. Ze keek naar de poel water, alsof ze dacht dat het water zou opklotsen.

"Er is een spreuk, maar die moet met twee mensen worden uitgevoerd, tenzij het water zuiver is. Het kan trouwens ook met een edelsteen, maar er zijn slechts weinig edelstenen groot genoeg, hoewel de grootte kleiner mag zijn. Maar hoe dan ook, dit water is absoluut niet zuiver te noemen. We zullen onze krachten moeten samenvoegen om het Oog te openen." Hij legde de spreuk en het gebaar dat erbij hoorde uit aan Lavinia. Ze toverde wat water en oefende erop. Ze kon natuurlijk niets zien, daar was het oppervlakte te klein en daarbij was het geen puur water. Het water reageerde echter wel, een teken

dat de spreuk gewerkt had als het water aan alle
voorwaarden had voldaan. Sir Diamant keek met een "ben
je klaar om de echte spreuk te gebruiken-blik" die Lavinia
herkende. Ze knikte. Sir Diamant ging aan de ene kant van
het meer staan, en gebaarde dat Lavinia aan de andere
kant moest gaan staan. Sir Diamant sprak de spreuk uit.
Het water begon te klotsen in het meer. Lavinia sprak de
spreuk ook uit. Het water werd weer rustig, en veranderde
langzaam in een soort raam waar je doorheen kon kijken.
Sir Diamant boog zich naar beneden om te kijken. Hij zag
Kaliq. Hij schreeuwde. Ook zag hij Kalea, op de grond
liggend, verscholen achter een steen. Overal waren grote
vogels. Maar wat hem de meeste zorgen baarde was dat
Kaliq en Kalea nog in het Rijk van het Zand waren. Er was
geen tijd te verliezen! Hij keek naar Lavinia. Zij had
hetzelfde gezien. Hij stak zijn hand uit, met de intentie om
Lavinia te kunnen meenemen in zijn Teletransportatie. Ze
snapte wat hij bedoelde, en pakte zijn hand. Na een paar
seconden stonden ze in het Rijk van het Zand, in de
Westelijke Bergen. Sir Diamant keek om zich heen.
Opnieuw zag hij Kalea, Kaliq en de vogels, maar nu in
werkelijkheid. De vogels vielen Kaliq aan. Hij probeerde
Kalea te beschermen, maar tevergeefs. Hij viel. Sir
Diamant en Lavinia schoten hem te hulp. Kaliq had hen
nog niet gezien, dus toen hij ze na zijn val zag rennen was
hij opgelucht. Sir Diamant was de beste tovenaar van het
Rijk, hij zou wel afrekenen met die vogels! Hij had echter
nog niet de gemaskerde gezien. De vogel waar zij, aan haar
gemene lach kon Kaliq duidelijk horen dat het een vrouw
was, op zat streek neer, en ze sprong eraf. Ze landde

behendig op beide voeten. Sir Diamant was net bezig om
een aantal vogels uit de lucht te halen, terwijl Lavinia Kalea
en Kaliq bij elkaar riep en hen voorzag van een
Schildspreuk, die krachtig genoeg was hen te beschermen
tegen de klauwen van de vogels. De gedaante liep naar Sir
Diamant. Met een handgebaar toverde ze alle vogels uit
de lucht. Sir Diamant keek wantrouwend. Waren de vogels
getoverd geweest of waren het slechts getoverde illusies
die alleen maar waarheid werden als je erin geloofde?
"Wie bent u?" vroeg Sir Diamant.
De gedaante lachte. "Je vraagt wie ik ben? Dat heeft geen
zin! Je kent me niet en al zou ik je mijn naam vertellen, zou
je daar niets aan hebben. Ik denk dat ik je nog even niets
vertel over mijzelf, Sir Diamant."
"U kent mij wel," merkte Sir Diamant op.
"Lijkt me logisch. Iedereen in het Magische Rijk kent je.
Door de oorlog te verklaren aan Florissant heb je veel
vijanden gemaakt. En niet alleen de bondgenoten van de
feeën."   "Hoe bedoelt u?"
"Als jij de oorlog wint hebben we één heerser over alle
Rijken in het Magische Rijk. Velen hebben daar geen
behoefte aan."
"Maar velen ook wel. Daarbij, hoe wil je me stoppen? Ik
ken alle krachtige tovenaars en heksen in dit Rijk en ik
herken je stem niet. Hij lijkt echter wel op een stem van
een heks die ik ken, maar het is niet dezelfde."
De gemaskerde heks lachte."Zou best kunnen. Volgens mij
is mijn lieve zusje één van je slaven."
"Hoe durft u! Ik behandel mijn bondgenoten met respect.
In tegenstelling tot sommige anderen."

"En op wie doelt je, als ik vragen mag."

"Wie denkt u? De Feeën hebben geen greintje respect voor de stammen van het Magische Rijk. Al neem ik niet aan dat u een bondgenote ben van de Feeënkoningin."

"En waarom denkt je dat?"

"U spreekt me aan met "je". De Feeën mogen dan misschien vijanden zijn, ze zullen altijd hoffelijk blijven en me met "u" aanspreken. Daarbij bent u te laf uw gezicht te tonen."   "Wie noem je hier laf! Ik heb meer meegemaakt dan je je kunt voorstellen! Ik heb verdorie de Vergeten Stralen gehaald! Ik heb de Gezonken Draak verslagen! Ik ben degene die de fee Floranus verslagen en heb daarmee de oorlog van Feeën tegen Heksen geopend!"   "Maar dat weerlegd mijn argument niet," sprak Sir Diamant. Hij moest goed nadenken. Deze daden waren door verschillende mensen gepleegd. Hoe kon ze dit allemaal gedaan hebben?

"Je kunt het lafheid noemen, maar ik laat mijn gezicht niet zien. Ik ben klaar met deze woordenwisseling! Ik vind dat je voldoende hebt meegemaakt om te sterven, Sir Diamant van Terraronda."

Ze stak haar hand uit, en een regen van vuurballen stormde op Sir Diamant af. Kalea gilde, en wilde naar hem toerennen, maar Lavinia hield haar tegen. Ze wist dat dit goed zou komen. Sir Diamant kwam uit het Rijk van het Verzonken Land. Het Rijk van het Vuur. Hij was een sterke tovenaar, hij kon deze vuurstorm afweren en misschien zelfs terugsturen. Ze wist niet hoe goed deze mysterieuze tegenstander was met vuur, maar als ze niet de beste spreuken over vuur wist, had ze geen schijn van kanaal. Sir

Diamant deed precies wat Lavinia verwacht had. Hij stak zijn rechterhand uit, en zonder ook maar een woord te zeggen draaide het vuur zich om. Het ging echter niet direct naar Sir Diamants tegenstander. Het bleef stil hangen in de lucht. Sir Diamant mompelde wat oude woorden, en het vuur begon te groeien. Het begon de vorm aan te nemen van een soort geest. De geest bestond niet alleen uut vuur, maar kreeg ook kleren aan. Hij droeg een soort blauwe mantel, en een blauwe hoed, maar wel met de kleuren geel en rood erdoorheen. Zijn gezicht en handen waren zwart, en hij had een soort staf in zijn linkerhand. Zijn gezicht stond uitdrukkingloos. Sir Diamant mompelde wat, en de Vuurgeest boog. Hij hief zijn staf op, en er verschenen meer vuurballen, waaruit meer Vuurgeesten verschenen. De heks was hierdoor verbaasd, maar ze gaf niet op. Ze sloot haar ogen, en concentreerde zich. Na vijf seconden opende ze haar ogen weer, en ze toverde met een sierlijk gebaar een paarse wolk. De wolk verspreidde zich, maar loste na een paar seconden weer op. Samen met de paarse wolk waren ook de meeste Vuurgeesten verdwenen, en degenen die nog over waren waren niet in staat nieuwe te creëren. Ze gingen tot de aanval over. Ze gooiden vuurballen naar de heks. Ze was hier op voorbereid, en gebruikte een schildspreuk om zich te verdedigen. Sir Diamant knipte in zijn vingers, en verdween. Hij kwam aan de andere kant van de heks weer tevoorschijn. Hij gooide een bliksemschicht naar het lichaam van de heks. Ze kon niet en de vuurballen en de bliksem verdedigen. Ze moest toegeven, Sir Diamant was een sterke tovenaar. Vandaag zou dit duel nog niet beslecht worden. Vlak nadat Sir Diamant de bliksem had gegooid knipte ook zij in haar vingers, en ze verdween. Alleen kwam zij niet terug in de buurt van Sir Diamant. Ze ging naar een schuilplaats, om een nieuw plan voor te bereiden. Sir Diamant wist dat ze voorlopig weg was. Hij knikte naar de Vuurgeesten. Die bogen voor Sir Diamant, en losten op. Lavinia liet haar schild verdwijnen, en Kaliq en Kalea kwamen weer tot rust. Sir Diamant keek om zich heen. Ze waren midden in de bergen, dus kon hij er van uitgaan dat niemand, behalve Kaliq, Kalea en Lavinia, iets van het duel gemerkt had. Hij wendde zich tot zijn oom en tante.

"Waarom, in de naam van alle sterke tovenaars die dit Rijk ooit heeft voortgebracht, hebben jullie mijn instructies in de wind geslagen! Ik heb duidelijk een route aangegeven! Waarom sloegen jullie een zijweg in?"

"Je stuurde een vogel! Die zei dat..."

"Regel nummer één over door mij opstelde missies: Ik zal nooit van route wijzigen."

"Maar hoe konden wij dat..." probeerde Kaliq, maar Sir Diamant liet hem niet uitpraten.

"Hoe konden jullie dat weten? Door na te denken! Zijn er in Vergeetmeniet kaarten van dit gebergte? Nee! Hoe zou ik moeten weten dat er een kortere weg was?"

Kalea werd verdrietig. Ze voelde zich dom. Sir Diamant had gelijk, hoe graag ze het tegendeel ook wou bewijzen. Ze was zo naïef geweest. Hoe konden ze zo gemakkelijk in deze val zijn getrapt?! Sir Diamant keek van Kaliq naar Kalea. Hij merkte dat zijn woorden indruk hadden gemaakt. Hij keek naar Lavinia. Ze keek hem aan met een

"had dat niet anders gezegd kunnen worden-blik".
Natuurlijk had hij zelf makkelijk praten. Hij was gewend
om eerst tien keer na te denken voor hij iemand
vertrouwde, en hij zo zeker gedacht hebben aan vallen.
Misschien had hij het op een iets vriendelijkere toon
moeten zeggen.
"Ik denk dat ik, na deze gebeurtenissen, toch het plan ga
weizigen. Lavinia, jij teleporteert Kalea en Kaliq terug naar
het Rijk van het Koraal, daarna voeg je je weer bij mij. Ik
vind niet dat we er van uit kunnen gaan dat we niet nog
een keer aangevallen worden, en dus moet ik sowieso
mee. Ik kan het Rijk van het Koraal echter niet zonder
leider achterlaten."   "Maar waarom
gingen wij dan in de eerste plaats?" vroeg Kalea. "Waarom
konden jij en die hofdame niet direct gaan? Waarom
stuurde je ons?"
"Toen ik het plan bedacht, wist ik dat de Kapitein nog
leefde, dus zou hij vluchten, wat ik ook al uitgelegd heb.
Nu is de Kapitein dood, hij heeft zelfmoord gepleegd, ik leg
het later wel uit, dus zou de eerste noodzaak van het
bezoek, vertellen aan mijn moeder dat de Kapitein een
verrader is, vervallen. Nu wil ik gaan, ook omdat ik haar
meer dingen wil uitleggen en vertellen."
Hij keek Lavinia aan, en zij wist dat hij op hun verloving
doelde. Ze moesten tenslotte nog toestemming krijgen,
niet dat dat een groot probleem zou worden, maar het
maakte het formeler.
"Prima, dan gaan wij terug naar Vergeetmeniet. Maar kom
jij daar nog terug of blijf jij in Terraronda?" vroeg Kaliq.
"Waarschijnlijk kom ik nog wel terug, maar niet binnen

een paar dagen. Waarschijnlijk ben ik over een week wel terug."

Kaliq knikte, en Kalea wendde zich tot Lavinia."Als u er klaar voor bent, gaan we."

"Maar natuurlijk,"antwoordde Lavinia. Ze stak haar hand uit, en Kalea en Kaliq pakten die vast. Na ongeveer een minuut was Lavinia weer terug. Ze knikte naar Sir Diamant.

"We gaan te voet, er is al te veel magie gebruikt vandaag," zei Sir Diamant.   "Het is al bijna donker, maar ik neem niet aan dat je wilt slapen?" zei Lavinia.   "Correct," zei Sir Diamant, en ze begonnen te lopen. De hele nacht lang. Zonder een woord te spreken.

* * *

Sir Diamant en Lavinia liepen de hele nacht, tot dat ze aankwamen bij een grot in de bergen.   "Is dit de doorgang naar het Rijk van het Verzonken Land?" vroeg Lavnina.   Sir Diamant knikte. Hij keek wantrouwend om zich heen. Het was een gewoonte van hem, maar toch merkte Lavinia op dat hij ongeruster was dan normaal.

"Denk je dat we gevolgd worden?" vroeg Lavinia.

"Ik weet het niet. Die heks zal vast handlangers of soldaten hebben, maar ik denk niet dat ze die achter ons aan zou sturen. Ik kan dat echter niet met zekerheid zeggen. Ik heb geen idee wie ze is."

"Dat is toch duidelijk! Ze is Imarcicia, de heks die Floranus heeft verslagen! Dat lijkt me niet onduidelijk, ze heeft het zelf gezegd!"

Sir Diamant liep weer verder. Lavinia volgde hem."Maar is ze niet Iflariosia, de heks die de Gezonken Draak verslagen heeft? En de Vergeten Stralen werden veroverd door Ilosiacia. Ze kan ze niet allemaal zijn!" zei hij bedachtzaam. "Misschien liegt ze wel! Deze drie waren toch zussen? Misschien heeft ze een ruzie gehad met haar zussen en heeft ze hen verslagen, en nam hun daden mee in haar titels."   "Ze heeft gezegd dat één van haar zussen mij steunde, en ik weet zeker dat ze niet gelogen heeft. Het is onmogelijk dat ze mij niet qua toverkracht aankon, maar wel tegen mij kon liegen terwijl ik met magie altijd kan kijken of iemand tegen me liegt. Maar dat verklaart nog steeds niet hoe ze al deze daden kon verrichten terwijl ze hooguit één van deze personen kan zijn. En als ze al één van de drie is, heeft ze gelogen over het feit dat één van haar zussen trouw is aan mij, terwijl ik weet dat Imarcicia ergens afgelegen in een berggrot woont, en nog steeds op wraak broedt omdat ik mijzelf uitriep als leider van het Duistere Leger, niet dat we daar ooit last van zullen krijgen, en Iflariosia ken ik niet, evenals Ilosiacia. Toch is één van haar zussen trouw aan mij. Heeft ze misschien nog een vierde zus?"

"Is niet uit te sluiten, maar onwaarschijnlijk," zei Lavinia."En je weet absoluut zeker dat ze niet gelogen heeft?"

"Zo zeker als ik weet dat we bijna bij het Kasteel zijn," zei Sir Diamant en hij wees voor zich uit."Zie je dat licht daar? Dat komt van het Kasteel af. Het is één van de weinige bewoonde plekken in het Rijk."

"Maar als ik het me goed herinner is er ergens in dit Rijk toch ook een dorp?" vroeg Lavinia.   "Granietdorp ligt een paar gangen boven Kasteel Terraronda. Maar het is niet echt een dorp te noemen. Het is meer een kleine nederzetting een een grote grot."

"Hoe komen de mensen eigenlijk aan eten? Ik neem niet aan dat ze de hele dag zout uit de mijnen eten. Zijn er ondergrondse akkers?"

"In een grot boven Granietdorp ligt een moestuin. Die is groot genoeg om alle inwoners van eten te voorzien. Water wordt verkregen uit ondergrondse putten. Sommige daarvan geven heel zuiver water."

"Maar wat doen de mensen dan? Ik bedoel, het lijkt me best saai om in een ondergronds dorp te wonen. Ik neem niet aan dat iedereen hier werkt in de moestuin of in de zoutmijn."   "Er zijn mensen die openbare voorzieningen in het dorp beheren, zoals de bibliotheek of de school. En sommige werken in het Kasteel. In hun vrije tijd lezen mensen veel. Dit is niet voor niets het enige Rijk in het hele Magische Rijk waar niemand, afgezien van kleine kinderen, niet kan lezen en schrijven. Er is niet heel veel te doen. Ik heb me in mijn kindertijd uren verveeld. Ik kon op heel jonge leeftijd al lezen, en had op mijn elfste alle boeken op Kasteel Terraronda al uit. Toen moest ik nog twee jaar wachten voor ik naar de Toveracademie mocht, dus het was vooral al wat dingen uitproberen met mijn magie, en toverboeken lezen, ook al had mijn moeder me dat verboden."

"Had jij een toverboek op je elfde?"

"Jij niet dan?"

"Ik was ouderloos, ik had geen kans om ook maar iets te kopen."   "Hoe bleef je dan in leven, als je geen geld had om eten te kopen. En hoe heb je leren lezen, schrijven en rekenen? En hoe heb je überhaupt leren praten?"

"Ik weet niets meer van mijn kindertijd. Heb ik je dat nooit verteld? Mijn herinneringen werken pas vanaf mijn twaalfde."

"Hoe kan dat? Ben je ooit betoverd?"

"Waarschijnlijk heb ik ooit een ziekte opgelopen, waardoor ik mijn geheugen kwijtgeraakt ben. Ik weet nog steeds niet hoe het precies komt. Ik heb de Genezer er ooit naar gevraagd, maar hij zei dat hij er niets van wist."

"En sprak hij de waarheid?"

"Ik geloof van niet. Hij leek een uitvlucht te zoeken met gekke zinnen. Hij kan niet goed liegen, weet je."

"Waarom zou hij tegen je willen liegen? Was het voor het begin van de oorlog?"   "Volgens mij wel. Ik zou niet weten waarom hij zou willen liegen. Ik denk niet dat het is omdat hij mij wil tegenwerken of omdat hij een vijand is, maar dat er een rede is als "het is voor je eigen bestwil"."

"Ik denk ook dat het zoiets is," zei Sir Diamant. Ze stonden stil, want ze stonden voor een grote poort. Er stond een grote XIII op.

"Terraronda heeft officieel twaalf poorten," zei Sir Diamant."Maar deze poort is geheim. Bijna niemand weet van het bestaan van deze poort. Daarom weet ook bijna niemand van de tunnels achter deze poort, en wou ik ook voorkomen dat iemand ons achtervolgde, en was ik achterdochtig. Deze poort is in verkeerde handen heel gevaarlijk. Zelfs de Gouverneur van het Rijk weet er niets van. Als iemand met kwade bedoelingen van deze poort af zou weten, zou diegene via het Rijk van het Zand dit Rijk kunnen aanvallen, maar ook andersom. Ik weet niet of die heks weet van de tunnel. Ik vrees het ergste."

"Hoe zou ze er van af kunnen weten?" vroeg Lavinia, terwijl Sir Diamant de poort opendeed. Hij haalde zijn schouders op. "Ze moet er wel van weten. Waarom zou ze anders Kaliq en Kalea gevolgd zijn door de bergen? Ze moet wel iets vermoeden. Waarom zouden ze anders in de bergen rondlopen? Een gezellige wandeling? Wie het ook is, ze is niet stom. Ze zal weten dat ik Kaliq en Kalea niet voor niets naar het Rijk van het Zand heb gestuurd. En die reden is niet onmogelijk te achterhalen als ze in contact stond met de kapitein, wat ik vermoed."   Sir Diamant en Lavinia liepen door de poort naar binnen. Ze liepen naar een trap, en liepen naar boven. Sir Diamant keek op een klok, die aan de muur hing.

"Tien voor zes. Helaas weet ik niet of het 's ochtend of 's avonds is."   "'s Ochtends," zei Lavinia."Het was bijna ochtend toen we het Rijk van het Zand verlieten, en zo lang hebben we niet gelopen. Is dat een goed of slecht teken?"

"Zeer goed. Niemand in dit Kasteel is wakker om tien voor zes s'ochtends. Het Schaduwvolk dat hier woont is vrij lui. Ze zullen niet wakker zijn voor negenen. Dat betekend dat we gewoon door het Kasteel kunnen lopen zonder dat iemand opmerkt dat we door deze geheime doorgang zijn gegaan. Wil je naar de eetzaal om wat te gaan eten, of heb

je geen trek?"   "Ik eet meestal om
zessen, dus eigenlijk heb ik gewoon mijn ontbijt gemist.
Dus, ja ik heb wel trek."
"Eet je om zessen? Maar hoe laat sta je dan op?"
"Half zes is vrij normale tijd voor een hofdame in Paleis
Vergeetmeniet. Prinses Kalea staat ook al om zeven uur
op, en daarvoor moeten we al gegeten te hebben."
"Zo zie je maar hoe volkeren van elkaar verschillen," zei Sir
Diamant lachend. Hij ging Lavinia voor naar de eetzaal.
Voordat ze aankwamen liep Sir Diamant eerst de keuken
binnen, om aan te geven dat het eten eerder bereid moest
worden, omdat ze geen zin hadden een paar uur te
wachten op Diamante en de rest van haar hofhouding.
Toen hij terugkwam op de gang zag hij dat Lavinia werd
aangehouden door twee mollen, die lansen in hun handen
hadden en het teken van Terraronda, een vlinder, op hun
zilveren uniformen droegen.
"Diamant, kun je hier iets aan doen?" vroeg Lavinia, terwijl
ze pijnlijk geprikt werd door een van de lansen van de
mollen. Sir Diamant lachte, en gebaarde de mollen zich
terug te trekken, wat ze, tot Lavinia's verbazing, buigend
deden.
"Wat waren dat?" vroeg Lavinia, terwijl ze haar wond in
haar arm, veroorzaakt door één van de speren van de
mollen, bekeek. Haar jurk was er een beetje van
opengescheurd, maar het zag er niet erg uit.
"Mollen van de Koninklijke Garde. De wachters van het
Kasteel. Efficiënt, maar vrij snel op hun teentjes getrapt. Ze
kennen de mijngangen van het Rijk nog beter dan iedereen
in het Rijk bij elkaar."

Lavinia schudde haar hoofd, alsof ze degene die die mollen had ingehuurd een totale gek vond, en Sir Diamant deed de deur van de eetzaal open. Lavinia en Sir Diamant gingen de eetzaal binnen, waar de tafel al gedekt was en er al broden op de tafel stonden. Er stond een grote tafel, waar gemakkelijk tien mensen aan zouden kunnen zitten, maar desondanks was hij helemaal gevuld met brood, beleg, fruit, kannen met water, wijn en vruchtensappen, en zelfs pannenkoeken, met stroop en poedersuiker. Sir Diamant ging aan het hoofd van de tafel zitten, en Lavinia ging naast hem zitten, ondanks dat het protocol voorschreef dat als er twee mensen aan een tafel zaten, ze allebei aan het hoofd moesten zitten. Sir Diamant scheen zich er echter niet aan te ergeren. Integendeel, hij leek het juist fijn te vinden. Sir Diamant en Lavinia deden zich tegoed aan het eten, maar ze vonden het nog te vroeg voor wijn, dus deden ze zich tegoed aan vruchtensappen zoals jus d'orange.

"Wat zijn die bollen die aan de pilaren en aan het plafond hangen?" vroeg Lavinia, wijzend op de lichtgevende bollen die overal in de zaal te vinden waren.

"Vuurvliegjes in bollen, ze geven licht en zien er volgens mijn moeder, die ze heeft laten plaatsen, vrolijker uit dan al die toortsen die al overal hangen. Ze hangen op meerdere plaatsten in het Kasteel, maar op sommige plaatsen kon mijn moeder toch geen afscheid nemen van kaarsen, dus gebruikte ze kroonluchters. Allemaal al besloten voordat ik geboren was. Ik wou echter mijn kamer zonder vuurvliegjes of kroonluchters, ik had liever kaarsen die op mijn bureau en tafel staan. Volgens mij zijn ze nu al een jaar uit. Sinds de oorlog begon ben ik niet meer teruggekomen naar het Rijk van het Verzonken Land. Wel in het Grote Rijk. Ik was in Kasteel Arcadia, waar ook handelaren uit Terraronda waren. Ik ben op hun schip meegegaan naar het Rijk van het Verzonken Land, omdat zelfs ik niet eeuwig zonder familie kan."

"Is je familie tegen de oorlog?" vroeg Lavinia. Sir Diamants gezicht betrok.   "Ik vrees dat het mijn familie verdeeld heeft. Mijn grootouders zijn fel tegen, en wouden absoluut niet dat er ook maar één soldaat uit het Grote Rijk meevocht in de oorlog. Mijn peetouders, Nives en Gunnar, waren niet voor een oorlog, maar vonden wel dat ze mij moesten steunen. Kalea en Kaliq bleven neutraal, wat voor hen prima kon, aangezien het Rijk van het Koraal geen echt leger heeft. Samah was het met haar ouders eens, en wou me niet steunen in een oorlog, en dat heeft de contacten tussen het Rijk van het Eeuwige IJs en het Rijk van het Zand niet veel goeds gedaan. Yara wou me ook niet steunen, dus ook met het Rijk van het Woud zijn de contacten niet verbeterd. En mijn ouders zouden hoe dan ook liever troepen, ja we hebben meer dan alleen mollen, sturen naar een oorlog dan dat ze mij zouden zien doodgaan. Dat was ook één van hun argumenten tegen de andere Rijken. Dat ze mij liever zagen sterven dan dat ze troepen stuurden. Dat werd hen heel kwalijk genomen."

"Van wie heb je verder nog steun? Ik weet dat je van de Feeksenkoningin steun hebt, maar wie nog meer?"

"De Heksenkoningin, zij is sowieso tegen de feeën en zag dit als een mooie kans. Daarbij is het een oudtante van

me. Ze is de zus van mijn grootmoeder. Ze was kwaad op mijn grootouders dat ze me niet steunden. Ze zei dat ze het verplicht waren aan het Magische Rijk."
"Diamant!" riep Lavinia plotseling. "Wat als je grootmoeder die heks is. Ze zei dat haar zus een dienaar van jou was, en ze is, met alle respect, al redelijk oud, ze kan al die daden gedaan hebben, maar onder een andere naam en gedaante. En misschien is de reden dat jij van haar won, omdat ze haar toverkracht in jaren niet meer gebruikt had, terwijl jij elke dag meerdere spreuken gebruikt."   Sir Diamant luisterde naar haar theorie. Hij vond het niet leuk om te horen, maar er al het bewijs zat erin verwerkt. Toch had hij het gevoel dat ze iets vergeten was, iets dat haar theorie weer de grond in zou boren. Na een paar seconden nadenken had hij het. "Ze zei dat ik haar niet zou herkennen. Ik zou haar wel moeten herkennen, ze is familie!"
"Misschien bedoelde ze het in figuurlijke zin. Jij zou haar nooit zien als een verrader of als een heks."
"Maar dan blijft nog steeds de vraag, waarom zou ze dit doen? Ik heb haar nooit gemeen gezien, ze was altijd aardig, tegen iedereen."
"Dat is aan ons om uit te zoeken. Maar ik denk dat als we haar als hoofdverdachte willen nemen, we eerst naar het Rijk moeten waar ze op het moment verblijft.
"Ik denk dat dat het Rijk van het Eeuwige IJs is, op Kasteel Arcadia. Daar verblijven mijn grootouders meestal. En we moeten toch naar hen om toestemming te vragen voor het huwelijk." "Moeten we naar Arcadia?" vroeg Lavinia

teleurgesteld. Ze had geen zin om naar alle Rijken toe te gaan om toestemming te vragen voor het huwelijk.

"Waarschijnlijk moeten we toch naar een aantal Rijken, volgens het protocol moeten de ouders, peetouders, en grootouders toestemming geven voor het huwelijk. Mijn peetouders en grootouders wonen in Arcadia, dus dat Rijk kunnen we moeilijk vermijden."

Lavinia knikte. Ze had er geen zin in, maar wat moet dat moet. En bij een huwelijk moet je je toch aan het protocol houden. Op dat moment hoorden ze stemmen op de gang, stemmen die Sir Diamant bekend voorkwamen. Hij keek op de klok. Acht uur. Dan konden ze toch nog niet wakker zijn. Hij stond op van de tafel, en Lavinia volgde zijn voorbeeld. Hij toverde met een handgebaar al het eten en drinken van de tafel, evenals de borden en het bestek. Terwijl hij dit deed bleef hij strak naar de deur kijken, alsof hij verwachtte dat een hele horde feeën hen zou bespringen. De deur ging langzaam open, en Sir Diamants hard sloeg over van vreugde.

* * *

De heks liep door een weg van zand. Eigenlijk was het niet eens een weg te noemen, het waren meer twee strepen die aangaven waar het pad was. Het Rijk van het Zand was niet het fijnste Rijk voor lange tochten, maar als ze magie zou gebruiken, kon dat getraceerd worden, en zou Sir Diamant weten waar ze was. Ze moest terug naar het Noorden, terug naar de Haven der Wijzen, terug naar haar schip en dan uitvaren. Naar het Rijk van het Koraal. Haar eerste plan was mislukt, dat moest ze toegeven, en Sir Diamant bleek sterker dan ze verwacht had. Maar ze had de moed nog niet opgegeven. Ze moest door. Haar meesteres zou panisch worden, en ze was al niet in een perfecte staat. Ze keek om zich heen. Een woestijnarend vloog boven haar. Uit pure woede pakte ze een stuk hout van de grond en smeet die naar de arend. Die vloog snel weg, waardoor het stuk hout weer op de grond viel, en brak. Haar adem stokte. Een stok, midden in de woestijn? Ze besloot de stok mee te nemen en stopte hem in de binnenzak van haar mantel. Ze liep weer verder. Na een uur kreeg ze honger, maar ze kon het haar niet veroorloven om te rusten. Ze keek naar de zon, die nog maar net opgekomen was. Toen keek ze naar de horizon. De pakhuizen die bij de Haven der Wijzen hoorden leken net kleine stipjes. Het was nog ver. Ze besloot dat het toch geen zin had om op het snel aan te doen, want dan zou ze op z'n vroegst midden op de dag aankomen. Ze besloot toch maar te gaan eten, dan was ze tenminste ook van het hongergevoel af. Ze bleef even stilstaan, en pakte een kleine kruik water uit haar mantel, evenals een appel en een peer. Het was niet veel, maar haar proviand was op en ze kon onmogelijk aan nieuw proviand komen, want er groeide niets in het Rijk van het Zand, en als ze in Okerburcht iets wou kopen, zouden de mensen argwanend kunnen worden. Zo vaak liep er ook weer niet een gedaante met kap door de stad, dus ze dacht niet dat het niet onopgemerkt zou blijven. Ze at de appel en de peer op, en dronk van het water. Ze dronk niet al het water op, voor het geval het heel heet zou worden, in het midden van de dag. Ze stopte de kruik weer terug in de zoom van haar gewaad, en liep weer verder. Na één uur lopen kwam ze een karavaan kooplieden tegen, die van Okerburcht naar de Haven reisden. De heks liep de kooplieden staal voorbij, maar de kooplieden negeerden haar niet. De heks, die wist dat ze onder een mantel en kap zat, gebruikte magie om haar uiterlijk te veranderen. Zij was de enige die haar uiterlijk kon veranderen zonder dat het door iemand getraseerd kon worden. Helaas was het ook de enige magie die ze zonder mogelijke trassatie kon uitvoeren. Maar in dit geval kwam het best goed van pas. De kooplieden vroegen of ze haar kap af wou doen, en of ze haar naam wou noemen. De heks deed dat, onder andere gedaante natuurlijk, maar wat graag. Ze had de gedaante van prinses Samah aangenomen, een persoon die wel wat aanzien had. De kooplieden bogen meteen, en hun leider knielde neer.

"Uwe Majesteit, wat een eer. Wij hadden u niet verwacht. Wilt u met ons meetrekken naar de Haven. Als u daar naartoe gaat, natuurlijk."

"Natuurlijk wil ik graag met u meetrekken. Het is mij een hele eer." De kooplieden liepen weer verder, maar nu liep de heks, onder gedaante van prinses Samah, met hen mee. De heks dacht na over haar mogelijkheden. Wat als ze moeilijke vragen kreeg zoals "waarom droeg u een kap?" of "waarom gaat u naar de Haven?"? Daar moest ze een antwoord op vinden. Ze kon natuurlijk niet de waarheid vertellen. Ze moest een reden verzinnen. Ze telde de kooplieden. Er waren vijf mannen en twee vrouwen, dus zeven mensen in totaal. Ze

had in de zak van haar mantel niets dodelijks zitten, anders
had ze de kooplieden wel uitgeschakeld, om zelf verder te
trekken. De kooplieden hadden een één kameel bij zich, en
op die kameel lagen verschillende spullen. Blijkbaar
verkochten de kooplieden gesmeedde spullen, want ze zag
hoefijzers uit een zak steken. Met wat geluk waren het ook
spullen van wapensmeden, en hadden ze wapens bij zich.
Ze kon het vragen, als ze haar vraag zo liet lijken dat het
een vraag uit nieuwsgierigheid was.
"Wat heeft u bij zich?" vroeg de heks.
"Wij hebben in de stad onze koopwaar ingekocht bij smid
Ahgmar, de beste smid van de stad."   "Verkoopt u ook
wapens of..."
"Nee, het is niet heel nuttig om wapens te verkopen in het
Rijk van het Zand. Er is bijna niemand die ze wil kopen,
omdat u Sir Diamant niet steunt in de oorlog, dus is er
niemand die wapens wil hebben op het moment."
De koopman merkte dat de heks die zich voordeed als
prinses Samah teleurgesteld was toen ze hoorde dat hij
geen wapens vervoerde, maar hij ging er verder niet op in,
dat zou onbeleefd zijn. De heks was ook teleurgesteld. De
koopmannen hadden geen wapens bij zich. Als ze zouden
aankomen in de Haven zouden er moeilijke vragen gesteld
kunnen worden, en ze zou niet op haar schip kunnen
komen, en het zou opvallen dat ze niets deed in de Haven,
terwijl ze er wel een lange reis naartoe gemaakt had. Het
viel de leider van de koopmannen op dat de prinses nogal
stil was. Hij besloot het gesprek aan te binden door te
vragen:"Wat bent u van plan te doen in de Haven?"
De heks overwoog haar opties. Ze kon een leugen

bedenken en antwoorden, of de vraag ontwijken. Het laatste leek haar het beste, dus dat deed ze.

"Ik geloof niet dat dat uw zaken zijn, denkt u ook niet?" zei ze bot. De koopman vroeg om vergiffenis en hield verder zijn mond. Ze liepen weer door. De pakhuizen kwamen steeds meer in zicht. De zon brandde ondertussen steeds meer op het gezicht van de kooplieden, en de heks deed haar kap weer over haar hoofd. De koopmannen dachten dat het was om haar hoofd tegen de zon te beschermen, maar het had hele andere redenen. Ze was van plan om zich van de kooplieden te ontdoen, en ze had daar al een plan voor bedacht. Ze voelde of de stok die ze in haar mantel had bewaard nog steeds op die plaats zat. Het leek haar een redelijk plan om de kooplieden met de stok te overmeesteren, en ze daarna bewusteloos achter te laten in de woestijn. Het was ongetwijfeld te warm om dat te overleven. Ze haalde voorzichtig de stok uit haar mantel. De koopman had niets door, waarschijnlijk omdat hij zich schaamde omdat hij zo brutaal naar de bezigheden van de prinses had gevraagd. Ze begon snelheid te minderen, om ervoor te zorgen dat ze achteraan de groep liep en zodat ze ongemerkt de stok uit haar mantel kon halen. De kooplieden merkten dat de heks achteraan begon te lopen, maar schonken er verder geen aandacht aan. Zo kon de heks prima de stok uit haar mantel halen, en ze begon stil te staan. Dit werd wel opgemerkt door de koopmannen.

"Prinses Samah, is er iets? Waarom draagt u die stok?" vroeg één van de mannen. De heks sloeg met de stok de leider van de groep neer. Hij viel bewusteloos op de grond.

De kooplieden stapten achteruit. Ze probeerden weg te rennen. De heks liep naar de kameel. Ze pakten de hoefijzers.

"Stop!" schreeuwde de heks. De kooplieden stopten geschrokken met rennen. Wat waren ze toch dom, dachtte de heks. Ze gooide de hoefijzers naar de koopmannen. Ze vielen om als lucifers. Ze pakte de kameel, en keek of er nog iets nuttigs in zat. Er zat een tas vol proviand in, die ze meenam. Verder was er niets dat ooit van pas zou kunnen komen, en ze liep weer verder. Ze nam weer haar eigen gedaante aan. Gedaante verwisselen was iets waar ze in uitblonk. Ze had nooit op de Toveracademie gezeten, maar toch was ze een sterke heks. Haar ouders waren fel tegen magie, maar zij en haar zus hadden sterke magische krachten. Haar zus. Als ze al aan haar dacht, kreeg ze gevoelens van afschuw. Ze was zo dom om Sir Diamant te steunen. Zij steunde haar eigen doel. Zij had haar eigen meesteres. Ze kreeg respect van haar meesteres. Zij werd haar meest trouwde dienares genoemd. Zij was duizend keer zo trouw als de kapitein, die zelfmoord had gepleegd. Hij was een lafaard. Zij zou haar leven geven voor haar meesteres. In tegenstelling tot de kapitein, die het al opgaf toen hij gevangen dreigde te worden. Ze had echter nog steeds haar taak nog niet vervuld. Ze moest Sir Diamant uitschakelen. Ze had al een moord gepleegd, maar dat was de Havenmeester. Onnodig, bleek acheraf. Gelukkig werd het wel opgemerkt. Het zal waarschijnlijk geen wereldnieuws worden, maar als Sir Diamant nog een keer in dit Rijk zou komen, zou hij het weten. Dan zou hij wel merken dat hij zich beter kon overgeven, anders zouden er meer doden vallen. Wat zat ze te denken. Natuurlijk zou hij zich niet overgeven voor een paar doeloze burgers. Als hij al in dit Rijk zal komen. Waarom zou hij hier komen? Ze kon beter een goed plan bedenken. Ze had al een plan bedacht. Ze ging naar de Haven der Wijzen. Ze zou goed gebruik maken van de zwaktes. Ze had al één van zijn zwaktes ontdekt: Lavinia. Zij was voor Sir Diamant meer waard dan het veroveren van het Feeënrijk. Hij zou met haar gaan trouwen, maar daar zou ze een stokje voor steken. Ze zou die bruiloft verpesten. En hoe...

Na nog een uur of twee kwam de heks aan in de Haven der Wijzen. Ze had de gedaante aangenomen van een normale vrouw in de normale kledij van het Rijk van het Zand. Ze had de kap allang afgedaan. Ze liep naar door de havenstraten. Ze kon niet nu naar het schip gaan, dat zou te veel opvallen. Ze moest dus deze dag nog volmaken met gepruts. Ze kon er niet tegen dat ze deze dag moest verprutsen. De hele dag niets doen in de Haven?! Vreselijk! Ze had ook niets te doen in de Haven. Ze was niet van plan de inwoners van het Rijk van het Zand te gaan helpen in de Haven. Maar wat kon ze anders doen? Ze besloot dat ze iets ging eten. Ze ging tegen een pakhuis zitten en keek wat er in de proviandtas zat. Brood, fruit en een vreemd drankje. Het drankje vertrouwde ze niet, maar ze at wel van het brood en het fruit. Ze liet nog wel een beetje over voor later, voor het geval dat. Ze had nog over van haar eigen water, en dat dronk ze nog wel op. Als ze nu dorst had had ze geen andere keus dan drinken van het vreemde drankje, maar als alles vandaag goed ging, zou ze geen dorst meer hebben. Ze keek naar de zon. Het zou nog uren duren voordat het nacht werd. Wat moest ze doen? Ze keek om zich heen. De Universiteit leek haar wel een

geschikte plek. Het was ongeveer een half uur lopen vanaf de Haven, dus dat kon wel. Ze liep de Haven uit, naar de Universiteit. Na goed een half uur gelopen te hebben kwam ze aan bij de Universiteit. Ze liep naar de grote toegangspoort. Er stonden twee wachters voor de poort. De heks vond ze er armoedig uitzien, ze hadden slechts een lans en schild, niet eens een harnas. Hoe dan ook, ze moest haar uiterlijk wel veranderen. Wat zou een normale vrouw te zoeken hebben in de Universiteit? Ze besloot weer het uiterlijk aan te nemen van prinses Samah, en liep naar de wachters toe. De wachters maakten een buiging, en toen vroeg één van hen:"Prinses Samah, van waar deze eer?"   De ander pakte een bloknootje en een potlood tevoorschijn en begon erop te schrijven.   "Mag ik vragen waarom u dat wilt weten?" vroeg de heks. Ze begon te twijfelen of het wel zo verstandig was om naar de Universiteit te gaan. "Standaard procedure," antwoordde de wachter."Alles wat hier gebeurt wordt opgetekend, en zo ook wie allemaal de Universiteit bezoeken."
"En wat als ik mijn privéredenen heb om de Universiteit te bezoeken?"   "Dan zult u een afspraak moeten maken bij de directeur. Helaas is hij vandaag volgeboekt, dus..."
"Ik kom een andere keer wel terug," zei de heks snel. Als ze had geweten dat alles werd opgetekend was ze nooit zo stom geweest om naar de Universiteit te gaan. Ze wilde eigenlijk alleen maar de bibliotheek bezoeken, verder niets! Ze liep weer weg, de twee wachters verbaasd achterlatend. Meer dan een uur van de dag, verspilt aan niets! Dan had ze net zo goed in de Haven kunnen blijven. Ze hoopte maar niet dat als bezoekers de Universiteit niet betraden, dat er dan ook niet werd opgeschreven dat ze voor de poort hadden gestaan. Ze liep weer terug naar de

Haven, maar onderweg bedacht ze iets waar ze zich mee bezig kon houden. Het onderzoeken van de stok. Ze had nog niet de tijd gehad om de stok echt goed te bekijken, en dit was een prima moment. Ze had toch niets beters te doen. Ze kon het alleen niet in de Haven doen, dat zou te veel opvallen. Ze ging op het zand zitten, en haalde de tak uit haar mantel. Hij leek er gewoon uit te zien. Hij was echter te recht om een natuurlijke tak te zijn. Ze brak de tak in tweeën. Ze deinsde achteruit van de inhoud. Een vreemd, blauw sap drupte uit de tak, en viel op het zand. Ze pakte snel een flacon uit haar mantel, en liet het sap erin druppelen. Het druppelen ging sloom, en het duurde wel een half uur voordat al het sap in de flacon zat, en de flacon was maar halfvol. Ze stopte de flacon weer terug in haar mantel. De tak gooide ze weg, ze was er van overtuigd dat die waardeloos was. Ze zou later, op een plek waarvan ze zeker wist dat Sir Diamant haar spreuken niet kon traceren, het sap beter onderzoeken. Ze liep weer verder. Toen ze in de Haven aankwam, merkte ze dat er iets veranderd was. Ze veranderde gauw weer terug naar de vrouw wiens gedaante ze eerder ook al had aangenomen, en begon te kijken wat er veranderd was. Al gauw merkte ze het. Er liepen geen mensen over de straten. Toen ze voor het eerst in de Haven was, bruiste de Haven van het leven. Overal waren kooplieden, handelaren of mensen die hielpen om de goederen van schepen naar pakhuizen te vervoeren. Nu was het er echter stil. Iets te stil, wat de heks betrof. Ze ging kijken waar iedereen gebleven was. Niemand was bij de pakhuizen, of op straat. Ze kwam tot de conclusie dat iedereen in de huizen was. Ze lagen te slapen. Waarschijnlijk vonden de bewoners het te heet om iets te ondernemen, zo midden op de dag, en hielden ze een siësta. Dat was goed voor de heks. Niemand was wakker, dus niemand kon haar schip zien aanmeren in de Haven. Ze deed haar ketting af. Daaraan zat een fluitje, dat ze gebruikte om haar bondgenoten op te roepen. Het geluid dat het produceerde was zo hoog, dat het onmogelijk was te horen voor het menselijk oor. Ze had het ooit van haar zuster gekregen, voordat ze in een ruzie belandden. Voordat Sir Diamant haar hart bevuilde en haar dwong voor hem te vechten in plaats van haar meesteres. Zo zag zij het tenminste. Sir Diamant zou zeggen dat ze zich uit vrije wil bij hem aansloot. Maar dat was nu niet van toepassing. Ze blies drie keer op het fluitje. Nu was het wachten. Na een minuut of vijf doemde een schip op aan de horizon, dat in een rap tempo dichterbij kwam. Na nog eens vijf minuten meerde het schip aan in de Haven. Het was een groot risico, als iemand het schip zou zien zat ze in de penarie, maar als het het lukte om het schip onopgemerkt te laten vertrekken zou ze niet de hele dag verspillen, dus dan was de winst ook hoog. Het schip meerde aan. Tot nu toe ging alles goed, niemand had het schip gezien. Het leek alsof er niemand op het schip zat, maar dat was niet juist. Er was alleen niemand op het dek. De bemanningsleden zaten in het schip. Als uit zichzelf verscheen een loopbrug naar het schip. De heks liep op het schip, en liep regelrecht naar de stuurhut. Er stond niemand aan het roer, want het schip kon zichzelf besturen, je hoefde alleen maar de bestemming in te voeren. Het was een magisch schip. Het schip heette "de schim van de zee". Ze had die naam niet zelf uitgekozen, dat had haar meesteres gedaan. Zij had dit schip aan haar geleend, niet gegeven, en ze moest er zuinig op zijn, want het was het vlaggenschip van haar meesteres. Ze was er trots op dat ze de eer kreeg om leiding te geven aan het mooiste schip in handen van haar meesteres, iets waar ze in bijzijn van de kapitein graag over opschepte. Ze liep naar de tafel in het midden van de stuurhut. Er lag een kaart op de tafel. Op de kaart lag een miniatuurversie van het schip. Je hoefde alleen maar de miniatuurversie te verplaatsen naar de plek waar je heen wilde varen, en het schip zou ernaartoe varen. Ze tilde het miniatuurscheepje op, en legde het neer iets ten Zuiden van het eiland waar Paleis Vergeetmeniet lag. Het schip kwam in beweging. Het voordeel van niet hoeven sturen is dat je je tijd aan andere dingen kan besteden. Dat deed de heks ook. Ze liep terug het dek op. Het schip had aan twee kanten een hut, de één was de stuurhut, de ander was een soort woon- of vergaderhut, en in het midden van het schip was het dek, met de masten en zeilen. In de tweede hut was ook een trap naar benedendeks, waar de kajuiten waren. Voor de bemanning was die eenvoudig ingericht, maar de heks had een mooie kajuit, met mooi meubilair. De heks liep naar de tweede hut. In de hut stond ook een tafel, en er stonden banken en stoelen omheen. Ook hier hingen kaarten aan de muur, van de vele zeeën van het Magische Rijk. Er stond een kast vol boeken. De boeken waren vooral atlassen of boeken waarin genoteerd werd waar het schip heenging. Verder stond er een dressoir tegen de muur, waar wereldbollen op stonden, ook van de vele Rijken in het Magische Rijk. In het vertrek waren twee deuren, de één naar het dek, en de ander ging naar een trap voor benedendeks. De heks liep naar de tweede deur, en liep de trap af. De trap liep uit in een gang, waar andere deuren waren, naar de vertrekken van de opvarenden. De heks liep niet naar haar vertrek, maar naar de kamer waar de bemanningsleden sliepen. Ze klopte niet op de deur, maar deed die zonder waarschuwing open. De bemanningsleden keken geschrokken naar de deur, maar toen ze zagen dat het de heks was, keken ze weer normaal. De bemanningsleden waren geen normale

mensen, maar het waren Magische Wezens. Ze heetten de Evalians, en het waren de magische bondgenoten van de heks. Ze had hen zelf gecreëerd. Ze hadden een zwarte huid. Het leek alsof de huid was gemaakt van duizenden wormen. Het zag er niet al te smakelijk uit. De heks keek de kamer rond. Ze zocht naar de aanvoerder van de Evalians.   "Waar is Thegas?" vroeg ze.
Eén van de Evalians gaf antwoord. "Hij is in zijn hut. Hij is aan het kijken waar we nu kunnen plunderen."
De heks wist dat ze hier kon toveren zonder dat Sir Diamant het kon traceren. Dat deed ze ook. Ze was woedend op de Evalians. Ze had duidelijk gezegd dat er niet geplunderd mocht worden zonder haar toestemming. Haar ogen lichtten even op, en de Evalian versteende. Het blok steen viel om, op een aantal andere Evalians, die het bijna uitschreeuwden van pijn. De heks liep naar de deur om weg te gaan, en smeed die dicht. De Evalians schrokken, maar toen de heks verdwenen was, gingen ze gewoon door met waar ze mee bezig waren. Ze liep naar de kamer van de leider van de Evalians, Thegas. Ze gebruikte een Stormvloek om de deur open te blazen. Thegas schrok, en ging in de aanvalshouding staan, maar toen hij zag dat het de heks was, werd hij weer rustig. "Eerwaarde heks, waar heb ik dit bezoek aan te danken?" vroeg hij, op een slijmerige toon.   "Zwijg!" schreeuwde de heks. "Hou toch op met je geslijm. Je weet dondersgoed waar je dit aan te danken hebt! Waarom ben je bezig met het kijken naar plunderdoelwitten als ik duidelijk gezegd heb dat je dat niet moet doen! Welk excuus heb je verzonnen? Nou?"
"Maar uwe heksheid, de manschappen verveelden zich en ik dacht..."   "Jij dacht helemaal niets!" viel de heks hem in de rede."Het is dat ik je nog nodig heb, maar anders had ik jou en je

manschappen allang verstoten."
"Waarvoor heeft u mij nodig?" probeerde Tehgas van
onderwerp te wisselen.   "Sir
Diamant blijkt sterker dan ik had verwacht," zei de heks op
rustigere en zakelijke toon. Ze ging over naar het uitleggen
van het plan dat ze bedacht had. "Ik heb aan den lijve
ondervonden hoe sterk hij is. Hij kan vuurstormen
omzetten in Vuurgeesten. Dat is buitengewone Magie. Ik
snap niet hoe een vijfentwintig jarig persoon dat voor
elkaar krijgt. Maar daar gaat het nu niet om. Het gaat
erom hoe ik hem uitschakel. Ik heb al een plan bedacht.
Luister..." De heks fluisterde het plan in het oor van
Thegas. Hij begon gemeen te grijnzen. "Dat is echt een
duivels plan, uwe heksheid," slijmde hij weer. De heks
merkte het niet, en zei:"Natuurlijk is dat het, ik heb het
tenslotte bedacht. Maar goed, wat ik wou zeggen. Nu de
kapitein er niet meer is, ben ik de enige Generaal van het
Leger van onze meesteres. Als dit plan slaagt, zal ze me
promoveren tot opperbevelhebber, omdat ik de enige ben
die iets heeft gedaan en nog leeft. Dus als dit plan slaagt,
word ik opperbevelhebber, nog steeds lager in rang dan
onze meesteres zelf, natuurlijk, en zal ik jou promoveren
tot generaal en je manschappen sterker maken dan welke
andere legermacht ooit. Dus zorg ervoor dat het slaagt,
ook in je eigenbelang."
Toen de heks uitgesproken was, verliet ze in een grijze
draaikolk de kamer, de Leider van de Evalians duivels
grijnzend achterlatend, om naar haar eigen kamer te gaan,
en daar uit te rusten, van het vele werk dat verzet werd
deze dag.

* * *

In het Rijk van het Verzonken Land stonden prinses Diamante en prins Rubin in de deuropening. Sir Diamant was al opgestaan van zijn stoel, en rende naar zijn ouders toe, en omhelsde hen. Het was een emotioneel weerzien voor Sir Diamant, maar ook voor zijn ouders, die vooral verbazing uitstraalden.

"Diamant, maar..." zei Rubin verbaast. Terwijl haar man alleen maar verbazing toonde, was Diamante was in tranen van vreugde uitgebarsten. Sir Diamant keek zijn vader vragend aan. "Jullie wisten toch dat ik nog leefde," zei hij."Jullie hadden een krantenartikel gelezen waarin ik geciteerd werd."

"Klopt," zei Rubin."Maar nog geen dag later kregen wij een brief van Kalea, waarin stond dat je lichaam was aangespoeld op een verlaten eiland, niet ver van Paleis Vergeetmeniet. Wij dachten dat..."

"De krant het verkeerd had," maakte Sir Diamant zijn zin af. Hij begreep wat er was gebeurt, en waarom zijn moeder nog geen contact met hem had opgenomen.

"Wij hadden even hoop toen we het bericht zagen. Toen hebben we ook direct de kapitein laten oppakken, maar dat lukte niet want hij..." Diamante kon haar zin niet afmaken.   "Maakte er een einde aan," vervolgde Sir Diamant.

"Precies," zei Rubin."Toen we daarna pas de brief lazen dachten we dat het onze schuld was dat we een belanrijk lid van de samenleving hadden verloren."

"De kapitein was zeker geen belangrijk lid van de samenleving," zei Sir Diamant met woede in zijn stem. "Daarover gesproken, waar is Zaffira?," voegde hij eraan

toe.   "In de kerkers, aanklacht
wegens moord. Nog geen straf bepaald," zei Rubin.
"Hoezo?"   "Ze is volkomen onschuldig," zei
Lavinia, die zich ervoor nog op de achtergrond had
gehouden in het bijzijn van zulke belangrijke mensen,
maar die nu haar mond open durfde te doen. Rubin keek
haar achterdochtig aan. "Wie bent u? Waarom denkt u dat
u recht heeft over zaken te spreken waar u geen verstand
van heeft?"
Lavinia keek beledigd. Sir Diamant schoot haar te hulp."Zij
heet Lavinia. Zij heeft ervoor gezorgt dat ik niet stierf aan
de daden van de kapitein en zijn handlanger. Ze heeft er
wel degelijk verstand van, want ik heb mijn overpeinzingen
over deze zaak met haar gedeeld."   "En
waarom is ze onschuldig?" vroeg Diamante. Als het zo was
viel een grote last van haar schouders. Ze kon toch geen
vonnis vellen over één van haar vriendinnen aan het hof!
"Wij denken dat de kapitein de Hofmeester heeft
vermoord, en toen Zaffira de schuld in de schoenen
schoof. Ik denk dat de Hofmeester doorkreeg wat hij had
gedaan en dat de kapitein hem uit de weg wilde ruimen. Ik
denk dat hier geen bewijs voor is, sterker nog, het is
onmogelijk te bewijzen nu de kapitein dood is, maar we
kunnen Zaffira gratie verlenen of haar vrijspreken voor de
rechtzaak. Ik geloof in haar onschuld," zei Sir Diamant.
Het bleef stil in de Eetzaal. Toen zei Diamante:"Ik geloof
dat we een hoop te bespreken hebben. Misschien is het
handig als iedereen naar de Troonzaal komt na het eten. Ik
neem aan dat jullie al gegeten hebben, maar dat is niet
van ons te zeggen. Ik zal Nives en Gunnar ook vragen te

komen."

"Zijn tante Nives en oom Gunnar ook in het Rijk?" vroeg Sir Diamant.   "Ja," beaamde Rubin."En de Koning en de Koningin komen nog vanuit het Rijk van het Zand."   "Prima," zei Sir Diamant geforceerd. Er was hem iets tebinnen geschoten dat hij met Lavinia wilde delen, maar dat niet kon doen met zijn ouders erbij. Hij wenste zijn ouders een prettige maaltijd, omhelsde ze nog een laaste keer en liep naar zijn kamer in het Kasteel. Hij gebaarde Lavinia dat ze met hem mee moest komen. Ze liepen via de hoofdtrap naar Sir Diamants kamer. Onderweg zei hij nog tegen één van de Mollen van de Koninklijke Garde dat hij Zaffira moest vrijlaten. Sir Diamants kamer was in de bovenste verdiepingen van het Kasteel. Ze moesten dan ook veel trappen beklimmen om er te komen. Sir Diamant haalde een sleutel met ingezette briljantjes uit zijn gewaad en stak hem in het slot. Hij draaide één keer tegen de klok in, en haalde de sleutel weer uit het slot. Toen stak hij de sleutel weer in het slot, en draaide één keer met de klok mee. Het slot ging open. Lavinia keek bewonderd toe. "Mooie beveiliging voor je kamer," zei ze.
Sir Diamant knikte. "Je moet de sleutel hebben en dan ook nog weten hoe je moet draaien. De perfecte manier om mijn kamer te beveiligen tegen indringers. Ik moest dit slot gebruiken sinds ik in de schoolvakantie een keer bezoek kreeg van Thina en Tallia, ze zijn ergens familie van Nives, en mochten mee toen mijn oom en tante hier een keer op bezoek waren. Toen waren ze tien en acht, en ik was twintig. Ik was in mijn kamer bezig met een project met

een toverdrank, toen ze kwamen binnenstormen van een spelletje als tikkertje. Om een lang verhaal kort te maken: de volgende dag was ik alleen maar bezig met het toverdrankvrij maken van mijn kamer."

"Het is dus meer een maatregel om ervoor te zorgen dat je spullen heel blijven dan dat je belangrijke spullen op je kamer bewaard waarvan je niet wilt dat ze gestolen worden," concludeerde Lavinia lachtend. Sir Diamant knikte. Hij deed de deur open. Ze liepen naar binnen. Sir Diamants kamer was niet extreem groot. Er stond een hemelbed, een bureau met stoel, een kleerkast en een boekenkast. Boven het bureau hingen planken waar een paar van Sir Diamants geslaagde toverdranken en andere experimenten op stonden, en op het bureau lagen een aantal mappen en lagen opengeslagen boeken.

"Ben je halsoverkop weggegaan of zo," zei Lavinia geamuseerd. Meestal ruimde Sir Diamant zijn spullen op en lagen er niet nog opengeslagen boeken op zijn bureau. Sir Diamant begreep dat ze op de boeken doelde, en antwoordde:"Nee, ik leg die boeken open omdat ik dan niet nog hoef te bladeren. Het komt me beter uit."

"Dat deed je nooit op de Toveracademie," zei Lavinia. "Daar hadden de boeken ook niet zoveel pagina's," zei Sir Diamant. Hij deed de deur van de kleerkast open, en pakte een andere mantel. Hij deed de oude af en hing die terug. Volgens Lavinia hadden beide mantels dezelfde kleur, maar Sir Diamant zal er wel een andere kleur indigo in zien, dus ze zei er niets van.

"Hoe lang blijven we hier?" vroeg Lavinia. "Je zei tegen prinses Kalea dat je nog terugwou naar Paleis

Vergeetmeniet. Wanneer ben je dat van plan?"
"Weet ik nog niet," zei Sir Diamant. "Alhoewel... Ach laat
maar, dat komt later wel." Sir Diamant toverde een extra
stoel voor Lavinia, en ging zelf op het bed zitten.
"Trouwens," begon Lavinia,"ik dacht nog aan wat prins
Rubin zei. Hij zei dat de Koning en Koningin uit het Rijk van
het Zand kwamen."
"En jij denkt dat de Koningin de andere vijand is en denkt
dat ze in het Rijk van het Zand was om mij aan te vallen,
wat ze ook gedaan heeft. Maar waarom zou ze dan Kalea,
haar dochter aanvallen?"
"Misschien is ze de Koningin niet, maar is ze iemand
anders en doet ze zich voor als de Koningin," opperde
Lavinia. "En daarbij, je kan niet ontkennen dat je daar niet
zelf aan hebt gedacht."
"Waaraan?"
"Dat de Koningin in het Rijk van het Zand was om jou aan
te vallen. Ik zag je wel denken."   "Misschien
klopt het niet. En ik wil haar niet beschuldigen met als enig
bewijs een theorie, die niet eens waar hoeft te zijn.
Misschien is het wel iemand anders."
"Zou kunnen kloppen," zei Lavinia."Maar we moeten alle
opties openhouden."   Er werd op
de deur geklopt. Sir Diamant liep naar de deur, en deed
hem open. Er stond een Mol van de Koninklijke Garde voor
de deur. Hij overhandigde een briefje aan Sir Diamant,
boog, draaide zich om en liep weer weg. Sir Diamant
verbrak het zegel dat op het briefje zat, en begon te lezen.
"Wat staat er?" vroeg Lavinia nieuwsgierig.
"De brief komt van mijn moeder. Er staat dat we om negen

uur in de Troonzaal moeten zijn."   Hij keek op de klok.
"Kwart voor negen," zei hij.
"Ik neem aan dat je nu al wilt vertrekken," zei Lavinia.
"Je begint me door te krijgen, Lavinia," zei Sir Diamant
geamuseerd, en ze liepen naar de deur, die Sir Diamant op
slot deed door een keer met de klok mee te draaien, de
sleutel uit het slot te halen, de sleutel weer in het slot te
steken en daarna een keer met de klok mee te draaien.
Toen deed hij de sleutel weer in zijn zak. Ze liepen weer via
de hoofdtrap naar beneden, maar nu gingen ze minder ver
omlaag. De Troonzaal was namelijk een verdieping hoger
in het Kasteel dan de Eetzaal. Sir Diamant deed de deur
van de Troonzaal open. De Troonzaal in Kasteel Terraronda
was veel groter dan wat Lavinia gewend was in Paleis
Vergeetmeniet. Het was een grote ruimte, met aan de
zijkanten pilaren, met daaraan glazen bollen met
vuurvliegjes erin. Acheraan in het midden stond de troon,
en daaromheen stonden aan elke kant nog zeven stoelen,
voor degenen die bij vergaderingen wouden zitten. De
stoelen waren in de vorm van vlinders, en achter de troon
was het wapen van het Rijk van het Verzonken Land te
zien, ook een vlinder.
"Waarom zoveel vlinders?" vroeg Lavinia verbaast.
"Wij hebben, behalve de Mollen van de Koninklijke Garde
ook de Vlinders met Fluwelen Vleugels. Ze zijn met velen,
en zijn erg handig. Ze zijn..." Sir Diamant kon zijn zin niet
afmaken, want de deur van de Troonzaal ging open, en
prinses Nives en prins Gunnar kwamen binnen. Sir
Diamant liep naar hen toe, en sloot hen in de armen.
"Ooh Diamant," riep prinses Nives uit van vreugde."We

dachten dat je..." Ze kon haar zin niet afmaken. Alleen de gedachte al was misselijkmakend.

"We vonden het zo vreselijk om te horen," zei prins Gunnar."Het was vreselijk om in de angst te leven dat je zou sterven in de oorlog, maar om op die manier te sterven..."   "...is niet er eervol,"maakte Sir Diamant zijn zin af. De aanwezigen in de zaal namen plaats op de zetels. Sir Diamant en Lavinia gingen aan de linkerkant zitten, prinses Nives en prins Gunnar aan de rechterkant, maar niet op de zetel direct naast de troon, zodat die nog vrijbleef voor prins Rubin. Na vijf minuten kwamen ook prinses Diamante en prins Rubin de zaal binnen.   "Ik weet dat ik negen uur heb gezegd," zei prinses Diamant,"maar mijn vader en moeder zijn later dan verwacht, en ik wil niet zonder hen beginnen. Toen na een kwartier de Koning en de Koningin nog steeds niet waren gearriveerd begon prinses Diamante zenuwachtig te ijsberen door de zaal. Ze liet één van de mollen die op wacht stonden voor de Troonzaal haar Gouverneur halen, om te bespreken wat ze moesten doen als de Koning en Koningin er over tien minuten nog steeds niet waren. Gelukkig kwam het niet zover, want net toen de mol de hoek om gegaan was, kwamen de Koning, de Koningin en nog een derde man langs dezelfde hoek. De mol keek vragend naar de prinses. Die gaf het teken dat hij terug kon gaan naar zijn post, aangezien de Gouverneur op het moment niet nodig was. Net toen de mol weer op zijn post stond bedacht ze zich en besloot dat ze de Gouverneur toch wel nuttig kon zijn, en de mol sjokte chagrijnig naar de kamer van de Gouverneur. Na nog een

minut of drie kwam ook de Gouverneur van het hof binnen, en konden ze eindelijk beginnen. Wat meteen opviel was dat de Koning en Koningin niet alleen gekomen waren, maar dat de derde man ook in de Troonzaal plaatsnam, niet naast de Koning, maar op de lege stoel naast Sir Diamant, die zich hierdoor onprettig begon te voelen. Er viel een onaangename stilte. Uiteindelijk was het prinses Diamante die de stilte doorbrak.
"Wij zijn samengekomen om duidelijk te maken wat er de laatste weken is gebeurt in het Grote Rijk. Er zijn een aantal... onprettigheden gebeurt." Er viel weer een stilte. Na de stilte zei prins Gunnar:"We hebben een aantal nieuwe gasten en misschien is het slim om ons even aan elkaar voor te stellen. En met ons bedoel ik; jullie twee," wijzend naar Lavinia en de vreemde man. Hij keek hen vragend aan. Toen de man wachtte met antwoorden nam Lavinia het initiatief, en probeerde zich voor te stellen.
"Euhm, ik ben..." Maar uitpraten lukte niet, want de vreemde man onderbrak haar met een vreemd kuchje.
"Euh, ahum." Hij schraapte zijn keel, en begon:"Ik ben de Heer van Kensingtantalia, het machtigste en mooiste Rijk in het hele Magische Rijk, alhoewel ik moet zeggen dat het Grote Rijk ook wel redelijk is hoor. Ik was op staatsbezoek in het Rijk van het Zand, om te handelen in mijn... ik bedoel, in ons voordeel. Toen zag ik dat de Koning en de Koningin ook in dat Rijk waren, dus ik vroeg waar ze heen gingen en of ik eventueel mee kon reizen. Natuurlijk weigerden ze niet, niemand zou een machtig heer als ik durven weigeren, maar zo ben ik hier aanbelandt." Hij schraapte zijn keel weer. Sir Diamant vond de Heer van

Kensingtantalia iets te vol van zichzelf. Hij had van dat Rijk gehoord, het scheen inderdaat een machtig en mooi Rijk te zijn, maar ook weer niet zo goed als de Heer van Kensingtantalia beweerde. Nadat de Heer van Kensingtantalia was uitgesproken waren alle ogen op Lavinia gericht. Zij schraapte haar keel niet, in tegenstelling tot de Heer van Kensingtantalia, maar begon gewoon te praten. "Mijn naam is Lavinia, ik was hofdame van prinses Kalea(de Heer van Kensingtantalia maakte een schamper kuchje) en..."   Verder kwam ze niet, want de Heer van Kensingtantalia onderbrak haar. "Genoeg gekletst," zei hij."Het is tijd voor zaken. Diamant, wanneer plannen we de bruiloft?"

"Hoe bedoelt u, bruiloft?" vroeg Sir Diamant verbaast. Hij vond een paar dingen vreemd. Ten eerste had de Heer van Kensingtantalia hem niet aangesproken met "Sir" maar hem gewoon Diamant genoemd, terwijl dat wel hoorde. Ten tweede was de enige bruiloft die Sir Diamant wou plannen die met Lavinia, waar de Heer van Kensingtantalia niets van wist, en niets mee te maken had.

"De bruiloft tussen jou en mijn dochter, Sonilia. Wanneer komt jou het beste uit? Ik zat zelf te denken aan morgen, maar misschien is dat wel erg snel, misschien..."

"Wacht eens even," zei prinses Diamante."Wij weten niets van een bruiloft of verloving. Wij kennen noch u noch uw dochter, en wij moeten toestemming geven."

"Heb je ze dat nog niet verteld Diamant," zei de Heer van Kensingtantalia. Sir Diamant stond versteld van verbazing. Hij had nog nooit gehoord van de dochter van de Heer van Kensingtantalia. Hij wist niet eens dat hij een dochter had.

Daarbij wilde hij onder geen geval met haar trouwen, hij wou met Lavinia trouwen. Zij had bijna tranen in haar ogen. "Excuseert u mij," zei ze en ze liep de Troonzaal uit. Sir Diamant liep achter haar aan.

"Waar ga je naar toe Diamant?" vroeg de Heer van Kensingtantalia op vaderlijke toon. Sir Diamant gaf geen antwoord. Hij liep regelrecht de Troonzaal uit, naar Lavinia.   "Lavinia!" riep hij. "Lavinia, waar ben je?" Hij liep de hoek om. Daar zag hij Lavinia. Ze was in tranen uitgebarsten. "Hoe kon je?" zei ze verbitterd. "Ik had hoop. Hoop dat ik..."

"Luister, ik weet niets van de Heer van Keningtantalia of van zijn dochter. Ik ken ze niet eens," zei Sir Diamant.

"Maak dat de kat wijs," zei Lavinia."Aan de stem van de Heer te horen kent hij je al tijden. Ik wil wedden dat het een bondgenoot in de oorlog is."

"De Heer van Kensingtantalia is een egoïstische oen. Hij heeft geen greintje verstand in zijn hersenen. Ik weet niet hoe hij aan deze ideeën komt, maar ze kloppen voor geen meter."   "Maar waarom zegt hij dat dan?" vroeg Lavinia.

"Ik heb geen flauw idee. Daar zullen we spoedig achterkomen. Laten we teruggaan naar de Troonzaal en kijken wie die Heer is en wat hij wil," zei Sir Diamant met kracht in zijn stem. Lavinia knikte. Sir Diamant kuste haar op haar wang, waar Lavinia veel kracht uit putte, en ze liepen weer terug naar de Troonzaal. Ze deden de deur open. De Heer van Keningtantalia was blijkbaar bezig met een betoog, want hij keek op toen hij de deur open hoorde gaan.   "Aah, Diamant, daar ben je. Nou we

hebben net afspraken gemaakt over de datum, we
dachten overmorgen. We combineren het met het feest
van je terugkomst, dat prinses Diamante wilde houden.
Nou dan hebben we dat ook weer geregeld. Dan ga ik
weer, tot overmorgen!" Voor Sir Diamant ook maar "Hé,
wacht even!" kon zeggen liep hij de Troonzaal uit.

* * *

De Koning en de Koningin liepen door de deur van de
Troonzaal naar buiten, achter de Heer van Keningtantalia
aan. Prinses Diamante en prins Rubin volgden hen,
waarschijnlijk om hen hun kamers te wijzen. Alleen prinses
Nives en prins Gunnar bleven over.
"Kan ik jullie even spreken?" vroeg Sir Diamant. "Alleen."
Prinses Nives en prins Gunnar knikten. Sir Diamant wenkte
Lavinia ook mee te komen. Het viertal liep de trappen op,
tot ze bij Sir Diamant kamer aankwamen. Ze gingen echter
niet Sir Diamants kamer in, maar gingen een andere deur
door die leidde naar een soort woonruimte. Er stond een
lage tafel met daaromheen een aantal stoelen. Sir Diamant
gebaarde zijn oom, tante en Lavinia plaats te nemen op de
stoelen. Hij liep door een deur die naar een ander vertrek
leidde, en kwam een minuut later terug met een kan heet
water en een doos theezakjes in verschillende smaken. Hij
zette de kan en de doos theezakjes op de tafel, en liep
naar een kast die tegen de muur stond om de kopjes en
schoteltje te pakken. Hij pakte er twee, en liet er twee met
Magie voor zich uitzweven. Die kopjes die vlogen waren
uit zichzelf op de tafel gezet, en Sir Diamant zette zelf de

andere twee op tafel. Hij schonk ze vol met water, en liet de doos theezakjes rondgaan. De aanwezigingen pakten een zakje thee uit de doos, en doopten die in het hete water. Sir Diamant pakte als laatste een zakje citroenthee, en liet die in zijn kopje vallen. Toen zei hij op beheerste toon:"Wat is er in hemelsnaam gebeurt dat u mij uithuwlijkt?"

"Hoe bedoel je, uithuwlijken?" vroeg prinses Nives. "Ik dacht dat je zelf gekozen had voor dit huwlijk. Zo kwam het wel over tenminste."

"Ik denk dat dat ook zijn plan was," zei Lavinia.

"Wat is er afgesproken over het huwelijk?" vroeg Sir Diamant, nog steeds kalm.   "Je zou overmorgen trouwen, in Paleis Vergeetmeniet," zei prins Gunnar Dat was het enige Rijk hier dat hem beviel. Dit Rijk vond hij te donker, het Rijk van het Woud te nat, daar is nu het regenseizoen, ons Rijk te koud en het Rijk van het Zand te warm."   "Weet prinses Kalea dat al?" vroeg Lavinia.

"Ja, hij zei dat hij dat allemaal al geregeld had," zei prinses Nives.   "Hoe durft hij!" riep Lavinia woedend. Gunnar merkte het op dat Sir Diamant haar als vertrouweling zag en besloot dat hij meer over haar wilde weten dan alleen haar naam en vorige beroep."Mijn excuses dat ik het nu vraag, maar kunt u mij nog iets meer vertellen over uzelf en over uw relatie met Diamant?"

"Ik zat bij hem op de Toveracademie," begon Lavinia.

"U bent een heks!" riep prinses Nives verbaast. Ze was niet meer heel erg bereid Lavinia te vertrouwen, maar Sir

Diamant ondersteunde haar:"Wij waren de beste van de hele school. Toen ik aanspoelde in het Rijk van het Koraal, was zij degene die me als eerste vond. Zij heeft me gered met behulp van haar spreuken. Zonder haar was ik hier nu niet. Later heeft ze me ook nog gered van de handlanger van de kapitein, en ze was mijn steun en toeverlaat toen ik het Rijk van het Koraal tijdelijk moest regeren toen Kaliq en Kalea weg waren. En ik heb haar..."   "Wat heb je?" vroeg prinses Nives.

"Ik heb haar ten huwelijk gevraagd. Zij is degene met wie ik wil trouwen, niet met de dochter van de Heer van Keningtantalia."

Sir Diamant en Lavinia keken elkaar aan. Helaas begonnen de zorgen toen weer toe te nemen.   "Maar kunnen we dit nephuwelijk dan nog stoppen?" vroeg prinses Nives.

"Die zongenaamde Heer heeft ons al paieren laten tekenen. Hij had jouw handtekening vervalst. Wij zagen niet dat het een vervalsing was."

"Het is niet jullie schuld. Maar we moeten ons niet focussen op wat is geweest, maar op wat komen gaat. Wie is de Heer van Kensingtantalia precies? Ik had wel van hem en zijn Rijk gehoord, maar niet van..."

"Het schijnt een rijke man te zijn, met een rijk en welvarend Rijk. Ik denk niet zo welvarend als dit Rijk. Als hij probeert een huwelijk af te dwingen, zal dat puur zijn omdat hij rijker wil worden," zei prins Gunnar.

"Ligt dat formulier met de handtekeningen nog beneden, of...?" vroeg Lavinia.   "Nee," zei prinses Nives," zo dom is hij ook weer niet. Ik zag dat hij het meenam naar zijn kamer."

Sir Diamant glimlachte, en knipte een keer in zijn vingers. Het formulier zweefde voor hen. Sir Diamant pakte het, en bekeek het. Delen uit het formilier las hij voor. "Ja, verloving toegestaan door, handtekenigen van beide kanten, de gebruikelijke onzin en nonsens. Datum ingevult, moet minimaal een week behalve met combinaties of uitzonderingen." "Logisch dat hij het dan wou combineren met het feest van je terugkomst," zei Lavinia. Sir Diamant las nog snel het papier uit, en knipte toen weer in zijn vingers, om het papier weer terug te leggen waar het hoorde. Hij pakte zijn kopje thee, dat inmiddels wel was afgekoelt, en nam een slok. De anderen volgden zijn voorbeeld. Sir Diamant zuchtte. Hoe konden ze dit nog stoppen? Hij knipte nog eens in zijn vingers, en het papier verscheen weer. Hij maakte een vervasling, en gaf die terug aan de Heer van Kensingtantalia. Hij hield zelf het origineel. Hij bekeek het nog eens goed. Alle handtekeningen waren gezet, zelfs zijn eigen handtekening. Het had geen zin om het papier te vernietigen. Dan zou de Heer van Kensingtantalia gewoon een vervalsing maken. Misschien was er een manier om te bewijzen dat zijn handtekening vervalst was. Maar hoe dan? Sir Diamant stond op, en ijsbeerde door het vertrek. Zoveel vreugde had hij gevoelt toen hij weer terug was in het Rijk, maar meteen moest dat weer de grond in geboord worden door een egoïstische Heer. Het bleef stil in de kamer. Uiteindelijk was het prinses Nives die de stilte verstoorde. "Je kunt toch gewoon nee zeggen. Ik bedoel, er word je toch gevraagd of je wil trouwen, dan zeg je toch nee." "Daar heeft hij al over nagedacht. Als ik nee zeg, is dat een afgang voor dit hele volk, de prins van Terraronda zegt nee op huwelijk, wat een afgang." Sir Diamant ging moedeloos zitten. Opeens schoot hem iets tebinnen. Als hij nu gewoon van tevoren aankondigde dat hij niet zou trouwen. Waarom niet? Als hij het netjes formuleerde, hoefde de Heer van Kensingtantalia niet boos te worden. Hij pakte zijn kopje, en dronk het leeg. Toen zei hij:"Ik ga gewoon naar de Heer van Kensingtantalia en zeg dat het huwelijk niet doorgaat."

De deur ging open, en prinses Diamante kwam binnen met prins Rubin. "Hier zitten jullie, we zochten jullie al," zei prinses Diamante.

Sir Diamant liep naar zijn moeder toe. "Waar verblijft de Heer van Kensingtantalia?" vroeg hij, met een lichtelijk opgewonden stem.

"Hij verblijft hier niet, hij komt overmorgen pas weer. In de tussentijd is hij in Kensingta... hoe dat Rijk ook heten mag." De moed zakte Sir Diamant weer in de schoenen. Zijn moeder merkte het op. Ze wenkte hem. Hij volgde haar. Ze liepen de gang op, en gingen in plaats van naar Sir Diamants kamer, naar een kamer verderop in de gang, die aan prinses Diamante toebehoorde. Ze maakte de deur open met haar eigen sleutel, die gewoon in het slot ging en aan wie maar één keer gedraait hoefde te worden in de normale richting. Ze liepen naar binnen. Prinses Diamantes kamer was heel anders ingericht dan die van Sir Diamant. Zij had een grotere kleerkast en had geen bureau, maar een tafel met stoelen. Wat hun kamers wel gemeen hadden was de boekenkast, want ook prinses Diamante hield van lezen. Ze bood haar zoon een stoel aan, en ging zelf op de stoel tegenover Sir Diamant zitten. "Vertel me eens, waar ken jij de dochter van de Heer van... dat ene Rijk, waar ken je haar van? Ik kan me niet herinneren dat je het ooit over haar gehad hebt."

"Ik heb haar nog nooit ontmoet," antwoordde Sir Diamant. Zijn stem klonk droevig en zijn moeder merkte het op. "Maar waarom wilde je met haar trouwen? Ik hoor droevigheid in je stem. Waarom vraag je een verloving aan en ben je er niet blij mee?"

"Ik heb nooit een verloving aangevraagd. Ik heb nooit met die prinses willen trouwen. De Heer van Kensingtantalia heeft ons allemaal misleid."

"Wacht eens even, de Heer van Kensingtantalia heeft gelogen?"   Sir Diamant merkte op dat zijn moeder eindelijk, waarschijnlijk onbewust, de naam van het Rijk van de Heer kon uitspreken. Niet dat dat er nu toe deed, want er waren natuurlijk wel belangrijkere dingen in het leven dan het goed kunnen uitspreken van de naam van een Rijk. Zeker op dit moment. Prinses Diamantes gezicht stond op onweer. Hoe durfde iemand het in zijn hoofd te halen om haar te bedriegen. Sir Diamant zag het.

"Misschien is er een manier om het huwelijk te stoppen," zei hij voorzichtig, bang voor tegenslagen.

Prinses Diamante keek ongelukkig."Hoe wou je dat doen? De Heer is weg en wij hebben allemaal al getekend. Behalve jij natuurlijk, maar jouw handtekening heeft hij vervalst. Waarom zou hij überhaupt zoiets doen?"

"Om rijker te worden. Als de oorlog goed afloopt krijgt hij

delen van het Magische Rijk via zijn dochter, mocht ik sterven in de oorlog, zal hij als erfgenaam gerekend worden. Het is sosieso in zijn voordeel."

"We moeten een manier vinden om het huwelijk te stoppen. Hij mag hier niet mee wegkomen. En hij mag zeker niet op deze manier zich verijken. Hoe durft hij!"

"Hij heeft totaal geen geweten. Hij zal er alles aan doen rijker te worden. Niet dat ik hem ken, maar zo kwam hij over. Ik..."

Sir Diamant zweeg. Er was geen woord in de Taal van het Magische Rijk dat zijn woede kon uitdrukken. Zijn moeder vond het vreselijk haar zoon zo te zien. Hij leek blij toen hij zijn ouders en peetouders in de armen kon sluiten. Toen kwam die vreselijke Heer van Kensingtantalia. Hij had alle blijdschap uit haar zoon gezogen.

"Misschien is het slim om eerst bij mijn ouders te informeren wie de Heer is, en waar hij vandaan komt. Lijkt me wel zo handig," zei prinses Diamante. Ze probeerde een plan te bedenken hoe ze haar zoon uit deze vreselijke situatie kon verlossen. "Zij zullen er vast meer van weten."

Sir Diamant knikte, en liep samen met zijn moeder de kamer uit. Ze liepen naar de woonkamer van de woonruimte waar prinses Nives, prins Gunnar en Lavinia ook nog steeds waren. De laatste keek, net als Sir Diamant, niet al te vrolijk. Sir Diamant en prinses Diamante gaven aan dat ze informatie over de Heer van Kensingtantaliia wilde gaan ophalen bij de Koning en de Koningin. De aanwezigen knikten goedkeurend, en Sir Diamant en prinses Diamante gingen naar de vertrekken van de Koning en de Koningin. Eenmaal aangekomen klopten ze op de deur. De Koning deed de deur open. Sir Diamant en prinses Diamante liepen naar binnen, en gingen zitten aan een tafel in de kamer. De Koning ging ook zitten aan de tafel, hij voelde al dat er iets mis was, en even later kwam de Koningin ook binnen. Sir Diamant hield zich opvallend stil aan de tafel. Zijn moeder was dat niet van plan. Zij vroeg meteen naar de Heer van Kensingtantalia. "Hoe komt de Heer van dinges in jullie Rijk?" vroeg ze. "Ik dacht dat hij zeer tevreden was met zijn eigen Rijk, wat komt hij hier doen?"

"Hij was op handelsmissie in het Rijk van het Zand," zei de Koning," en zoals je weet waren wij op bezoek bij Samah, en vroeg of hij met ons mee kon. Wij wouden doorgaan naar het Rijk van het Woud om Yara te bezoeken, maar hij was daar strikt op tegen en stond erop dat we direct naar Kasteel Terraronda zouden gaan. Toen ik vroeg waarom, kreeg ik geen antwoord."   "Zijn jullie via de geheime tunnel gegaan?" vroeg prinses Diamante. De Koning knikte. Sir Diamant opende zijn mond, om zijn zorgen te uiten dat iemand die misschien niet te vertrouwen was wist van het bestaan van een tunnel die belangrijk was voor het voortbestaan van twee Rijken, het Rijk van het Zand en het Rijk van het Verzonken Land, maar hij zei niets.   "Is er een manier om dit huwelijk nog te cancelen?" vroeg prinses Diamante. De Koningin keek verbaast."Waarom zou je dat willen? Twee machtige Rijken samengevoegd tot één groot Rijk. Dat is toch geweldig!"

"Een huwelijk moet ontstaan uit liefde, niet uit economische overwegingen." Sir Diamant had zich tot nu

toe stil gehouden, maar dit was voor hem geen moment om dat langer vol te houden. Hoe kon, nee, hoe durfde de Koningin zoiets te zeggen! Het bleef opvallend lang stil aan de kant van het koninklijk echtpaar. Toen zei de Koning:"Wij hebben allemaal al getekend. De enige die dat nog moet doen is de Heer zelf. Alleen als hij weigerd te tekenen, gaat het niet door."
"Wanneer komt hij om het formulier officieel te ondertekenen?" vroeg prinses Diamante.
"Tegen mij zei hij "tot overmorgen" dus ik denk..."
"Dat is onzin. Hij komt morgen al, met zijn familie om het formulier te laten ondertekenen door iedereen in zijn familie."
"Is er geen mogelijkheid waarmee we hem kunnen doen ophouden met deze nonsens? Kunnen we hem omkopen of zoiets?" vroeg Sir Diamant.
"Ik denk niet dat hij daar gevoelig voor is. Hij zal dit huwelijk wel door willen laten gaan, al kreeg hij er een zak diamanten voor," zei prinses Diamante. De Koning knikte. Sir Diamant stond op. "Ik denk dat wij voldoende weten. Ik ga weer, moeder als u langer wilt blijven, dan..." "Nee Diamant, ik ga ook," zei zijn moeder met een knikje naar het koninklijk echtpaar. Die begrepen het, en lieten hun gasten uit. Sir Diamant en prinses Diamante liepen zonder een woord te zeggen te trap naar hun kamers op. Prinses Diamante ging eerst de kamer in waar prinses Nives, prins Gunnar en Lavinia nog waren, maar Sir Diamant ging meteen naar zijn eigen kamer. Hij ging, zonder zijn nachtkleding aan te doen, op zijn bed liggen, en sliep in.

Sir Diamant werd onuitgerust wakker. Hoewel hij meteen ingeslapen was werd hij constant wakker. Dan kon hij de slaap niet vatten ondat hij naar oplossingen zocht voor het stoppen van het huwelijk. Er moest een manier zijn, dat voelde hij, maar hij had de manier nog niet gevonden. Hij hoefde zich niet aan te kleden, omdat hij zijn kleding van gisteren niet uitgedaan had tijdens het slapen. Hij liep naar de deur, en deed hem open. Hij schrok zich dood. Voor de deur stond Lavinia, die op het punt stond te kloppen. "Diamant van Terraronda, waar was jij gisteravond?" vroeg ze boos. Toen zag ze de wallen onder de ogen van Sir Diamant, en liet haar hoofd zakken. "Het spijt me..." "Nee, jij hoeft geen sorry te zeggen, ik zou dat moeten doen. Ik..." Er kwamen velen redenen in Sir Diamants hoofd op, maar hij kon ze niet over zijn lippen krijgen. Lavinia scheen het te begrijpen. Ze wist zelf ook niet meer weer wat te zeggen. Sir Diamant liep de deur uit. Lavinia liep naast hem. Ze liepen naar de eetzaal, maar Sir Diamant had geen honger. In de tussentijd kwam de Gouverneur, Zacharias, meldde dat de Heer van Kensingtantalia om één uur 's middags aan zou komen op het Kasteel. Sir Diamant vroeg nog hoe laat het was. "Negen uur," zei de Gouverneur. Toen boog hij voor Sir Diamant, en verliet de eetzaal. Lavinia weigerde te eten als Sir Diamant dat niet deed. Hoe lang Sir Diamant ook aandrong, ze hield voet bij stuk. Uiteindelijk verlieten ze dus de eetzaal zonder gegeten te hebben. Ze liepen naar een woonkamer, en gingen zitten op de stoelen. Ze

verveelden zich. Uiteindelijk besloot Lavinia Sir Diamant uit
te dagen voor een spel schaak. Hij accepteerde het. Sir
Diamant was normaal gesproken goed in schaken, maar hij
had zijn gedachten er niet bij, en gaf in een paar zetten zijn
koningin, raadgever en toren weg.
"Hebben we nog een weddenschap waarover we schaken,
of..." grapte Lavinia.   Sir
Diamant keek op. "Zeg dat nog eens," zei hij. Lavinia
herhaalde haar woorden.
"Weddenschap..." zei Sir Diamant langzaam.
Lavinia haalde haar schouders op. "Wat bedoel je?"
"Ik daag de Heer van Kensingtantalia uit voor een
weddenschap. Als ik win hoef ik niet te trouwen."
"En als hij wint?"
"Dan trouw ik en krijgt hij er iets extra's bij."
"Zoals?"
"Weet ik niet. Moet hij zelf maar beslissen."
Lavinia dacht na. "En als hij weigerd..."
"Dan verliest hij zijn waardigheid. Een machtig heer die
een weddenschap niet accepteerd in bijzijn van een heel
volk? Dat kan echt niet!"
"Aan wat voor weddenschap dacht je?"
"Mag hij beslissen. Dat maakt het betrouwbaarder. Ik weet
niet wat hij kiest, alles is goed behalve zwemmen, al zou
dat niet echt kunnen in dit Rijk."
"Kun jij niet zwemmen?" vroeg Lavinia verbaast.
Sir Diamant lachtte. "Zwemmen in een ondergronds Rijk?
Ik kan mijn hoofd boven water houden, maar daar houd
het ook mee op. Ik heb het nooit nodig gehad, en volgens
mij kan niemand hier zwemmen."

"Maar hoe heb je het dan overleefd toen je door de kapitein in het water werd gegooid. Als je niet kan zwemmen, hoe ben je dan boven water gebleven?"

"Dat is zelfs, nee, vooral voor mij een raadsel. Misschien is het dezelfde Magie die me altijd heeft beschermd tegen ziektes."

"Zou kunnen," zei Lavinia bedachtzaam, maar aan haar stem te horen hoorde Sir Diamant dat ze het niet geloofde. Hij bedacht ineens iets. Het zou hen beide... opbeuren, dat was het goede woord. "Lavinia, wil je iets moois zien?" vroeg hij.

Lavinia keek op. "Wat is het?" vroeg ze nieuwsgierig.

"Dat is nog een verrassing. Wil je het zien of niet?"

"Prima, waar is het?" vroeg Lavinia. Ze had een ongeduldige toon, en Sir Diamant merkte het.   "Is er iets? Wil je niet mee?"

"Nee, er is niets," ontkende ze. Sir Diamants wantrouwigheid naar haar toon zwakte af, maar verdween niet. Hij toverde het schaakspel weg, en ging Lavinia voor naar de deur. Ze liepen naar poort V. De poort ging uit zichzelf open voor Sir Diamant en Lavinia. Ze liepen door een tunnel.

"Deze tunnel is niet geheim, toch?" vroeg Lavinia. Ze keek om zich heen. Overal in de tunnel gingen fakkels, zoals gebruikelijk in het Rijk van het Verzonken Land. Sir Diamant schudde zijn hoofd. Ze liepen door zonder iets te zeggen. Na ongeveer tien minuten lopen kwamen ze in een grot. In de grot waren een dozijn waterpoelen. Het water was echter niet blauw, maar in allerlei kleuren. Daarbij waren het warmwaterpoelen.

"Het is echt..." Lavinia was te veel onder de indruk om de schoonheid van de poelen onder woorden te brengen.

"Mensen die dit nog nooit gezien hebben zijn altijd onder indruk van de pracht en de schoonheid van de Fleurige Poelen," zei Sir Diamant.

"Heten ze zo, de Fleurige Poelen?" vroeg Lavinia.

"Klopt," zei Sir Diamant."Maar dit is niet het enige wat ik je wilde laten zien."   "Is er iets in dit Rijk nog mooier dan de Fleurige Poelen?" vroeg Lavinia vol verbazing.   "Ja dat is er, kom maar mee," zei Sir Diamant. De poelen waren van elkaar gescheiden door een soort dunne muren van stenen. Echter, tussen sommige van deze muren waren zo breed dat je erover kon lopen. Het viel alleen op als je er naar keek. Maar als je er goed naar keek, en je onderscheed de dunnere muren van de bredere muren zag je dat een soort pad ontstond. Sir Diamant liep over het pad. Lavinia volgde hem. Het was een beetje wankel, want het pad was niet breed genoeg dat je beide voeten naast elkaar kon zetten. Het was een beetje ballanceren op het pad. Lavinia wankelde een beetje, maar herwon snel haar evenwicht. Het pad eindigde in een waterval.

"Je kan een beetje nat worden," waarschuwde Sir Diamant.   Lavinia lachtte. "In tegenstelling tot wat jij met water kunt, heb ik in het Rijk van het Koraal genoeg gezwommen om van het water te houden. Daarbij is Water een van mijn sterkste Magische Krachten, dus ik vind het niet erg om nat te worden."

"Mooi zo," zei Sir Diamant. Hij sprong door de waterval. Hij

stapte snel opzij, om plaast te maken voor Lavinia, die na
hem ook sprong. Ze kwamen terecht in een andere grot.
De grot was van buiten niet te zien, tenzij je het wist, dan
zag je vaag een schijnsel door de waterval. De grot was
nog mooier dan de Fleurige Poelen. Overal in de grot
hingen edelstenen aan de wand, ongeslepen,en ze gaven
een zacht licht af in de kleur van de edelsteen. Ook
kletterde er water van meerdere watervallen door de grot.
Het geluid was er, maar werd gedempd door de stenen
van de grot. Het licht van de edelstenen weerkaatste door
het water, wat het alleen nog maar mooier maakte.
Lavinia's mond hing nogmaals open van verbazing. Het
was een prachtig gezicht. Zoiets had ze haar hele leven
nog nooit gezien. Sir Diamant scheen haar gedachten te
kunnen raden. "Dit is uniek in alle Rijken in het Magische
Rijk. Nergens anders bestaan iets dat hier mee te
vergelijken is. Achter deze grot is de grootste vondplaats
voor edelstenen met Magische Kracht, die je nodig hebt
voor toverdranken, of voor iets als dit," zei Sir Diamant, en
hij wees naar zijn diadeem.
"Heeft jou diadeem Magische Kracht?" vroeg Lavinia
verbaast.   Sir Diamant
knikte."Het is de bron van mijn Kracht. Zou ik het
verliezen, dan kunnen er twee dingen gebeuren: of ik
verlies mijn Kracht, of de Kracht neemt bezit van me. Het
diadeem is namelijk ook het enige in mijn lichaam dat de
Kracht beheerst, en ervoor zorgt dat de kracht mij niet
overneemt."
"Heb ik ook een bron voor mijn kracht?" vroeg Lavinia
nieuwsgierig. Ze keek naar de ring, die ze aan haar vinger

droeg, maar Sir Diamant schudde zijn hoofd. "Die ring is het niet. Het is een Magisch Voorwerp, dat is zeker, maar ik denk niet dat het de bron van je kracht is. Maar heb jij niet iets van een amulet, of een medaillon of iets in die geest?"   "Ik heb wel een amulet," zei Lavinia. Ze pakte het uit de zoom van haar gewaad. Het was een bronzen amulet, waar de letter L op stond. Ze reikte het aan Sir Diamant, maar die schudde nee. "Ik weet niet of er iets ergs gebeurt als ik het aanraak. Daarbij kan het ook voelen voor het amulet dat hij zich niet meer in jou aanwezigheid voelt, en geeft het de Magische Bescherming die het je altijd heeft gegeven op. Maar hoe kom je aan het amulet? Is het speciaal voor jou gemaakt?"
Lavinia haalde haar schouders op. "Geen idee. Ik heb het al vanaf mijn kindertijd, en daar weet ik niets meer van dus..."
"Ik snap het," zei Sir Diamant. Hij keek om zich heen, of hij niemand zag. Toen liep hij naar de muur van de grot, en stak er zijn hand doorheen. Maar in plaats van zijn hand te bezeren aan de muur, ging zijn hand door de muur in een soort holte. Uit de holte pakte hij er een edelsteen. Het was een witte maansteen, maar in het midden van de steen fonkelde blauw. Hij reikte de steen aan Lavinia. Ze keek er naar. "Wat is het?" vroeg ze. Ze draaide de steen een paar keer rond in haar hand, om hem beter te bekijken, en gaf hem toen weer terug aan Sir Diamant. Hij pakte het aan, en legde hem weer terug in de holte. "Het is een Magische Maansteen. Het is een heel zelfzame steen. Weet je toevallig wanneer die gecreërd kunnen

worden?"

"Ik weet evenveel van edelstenen als jij weet van zwemmen," grapte Lavinia.   Sir Diamant glimlachte. "Een normale maansteen kan overal gevonden worden. Het is niet zeldzamer dan saffier of topaas. Maar een Magische Maansteen is, samen met de Magische Diamant, de zeldzaamste steen. Hij kan alleen gecreërd worden als er een Magische Eclips aan de gang is."

"Mijn kennis over eclipsen is iets groter dan die van edelstenen. Wat ik weet is dat ze eens in de driehonderd jaar verschijnen. Het is dan een speciale maan, omdat de elcips Magische Kracht bezit. Van de eclips is het woord "ec" afgeleid, dat driehonderd betekend."

"Niet helemaal correct," zei Sir Diamant."Maar dat is je niet kwalijk te nemen. Een eclips hoeft niet Magisch te zijn. Het kan ook een gewone zonsverduistering zijn. Maar eens in de twaalfhonderd jaar is een eclips daarwerkelijk Magisch. Dus eens in de twaalfhonderd jaar kan een Magische Maansteen gecreërd worden, het hoeft niet. De laatste eclips was vijfentwintig jaar geleden."

"Diamant," begon Lavinia,"waarom heb ik het vermoeden dat er een verband bestaat tussen jou Kracht, de Maansteen, en het feit dat jij geboren bent in één van de Manen der Eclipsen?"

"Bijna correct," zei Sir Diamant,"je vergeet slechts één ding. Jij bent ook geboren in die maan."

"Hoe weet je dat?" vroeg Lavinia verbaast. Als ze zelf niet eens wist wanneer ze geboren was, hoe kon Sir Diamant dat dan wel weten?

"Je bent vijfentwintig, net als ik. De krachtigste tovenaars en heksen zijn geboren tijdens een Magische Eclips. Jij bent ongeveer even krachtig als ik, dus als ik het ben, ben jij het ook."   "En wat dan nog? Wat maakt het uit?" "Een Magische Maansteen wordt gecreëerd als er een krachtige heks of tovenaar geboren wordt tijdens een Magische Eclips. Dat betekend..."

"...dat ik ook een Magische Maansteen moet hebben!" maakte Lavinia zijn zin af. Sir Diamant knikte.

"Maar wat zou ik aan een Magische Maansteen hebben? Wat kan je ermee?"   "Ken je het verhaal over de creatie van het Magische Rijk?" vroeg Sir Diamant. "Niet helemaal," antwoordde Lavinia. "Ik weet een klein deel. Iets over de VI Elementen, en iets met Magische Stenen."

"Dat is al meer dan de meeste mensen. De meeste inwoners van het Magische Rijk denken dat het van de ene op de andere dag gemaakt is. Zo simpel is het niet. Er waren twee mensen. Een tovenaar en een heks. Ze werd en de Eerste Heks en Tovenaar genoemd en ze waren allebei, net als wij, geboren in een Magische Eclips. Deze eclips heeft nu de naam "Eclips der Creatie", omdat in die Eclips het Magische Rijk gecreëerd werd."

"Door die heks en die tovenaar?" vroeg Lavinia.

"Dat klopt," zei Sir Diamant. "Ze konden het Magische Rijk creëren met behulp van de VI Magische Stenen. De Robijn van het Vuur, de Saffier van het Water, de Kwarts van het IJs, de Torkoois van de Wind, de Topaas van de Bliksem en de Amber van de Aarde. Niemand kan de Kracht van de Magische Stenen benutten zonder te sterven aan hun inmense kracht, tenzij je de een Magische Maansteen en

Magische Diamant hebt, en je een krachtige heks of
tovenaar bent en tijdens een Eclips geboren bent en je de
steun hebt van de andere heks of tovenaar hebt."
"Hoe bedoel je "de" andere heks of tovenaar?" vroeg
Lavinia, die gemerkt had dat Sir Diamant het bepaalde
lidwoord gebruikt had.
"Met "de" andere bedoel ik de andere Erfgenaam. De
enigen die de Kracht van de Stenen kunnen beheersen zijn
de erfgenamen van de Eerste Heks en Tovenaar."
"Ben jij dan..."
"Ik niet alleen, jij ook. Na tijden van onderzoek ben ik
erachter gekomen dat wij twee Erfgenamen zijn."
"Wanneer ben je daar dan achter gekomen?" vroeg Lavinia
nieuwsgierig. Ze hoopte dat het waar was wat Sir Diamant
zei, maar het was allemaal te mooi om waar te zijn en hij
had nog te weinig bewijs geleverd om haar te overtuigen.
"Wat denk je dat ik na mijn tijd op de Toveracademie
gedaan heb? Ik heb me een paar jaar beziggehouden met
het besturen van boeken en oude geschriften. Ik heb toen
een hoop nieuwe spreuken geleerd. Ik heb hier, in deze
grot geoefend, omdat dit één van de weinige plekken in
het Grote Rijk is waar je kunt toveren zonder dat het
getraceerd kan worden. Maar hier ben ik ook achter de
waarheid van de Creatie gekomen."
Sir Diamant liep verder de grot in. In de grot was een soort
muur, waar een soort stenen planken waren. Op de
planken stonden een paar boeken. De boeken hadden
geen titel. Sir Diamant keek even naar de boeken, en pakte
één van de plank. Hij zocht de goede pagina op, en
overhandigde het boek aan Lavinia. Ze las de woorden. De

letters waren geschreven in het Grieks, maar de woorden
waren in het Latijn. Vertaald stond er een soort
voorspelling.

<hr>

<hr>

Nadat Lavinia de woorden had gelezen was ze sprakeloos.
Ze gaf het boek terug aan Sir Diamant, die het met een
Magisch gebaar terug liet zweven naar de plank.
"Wat betekend het?" vroeg Lavinia nadat ze van de
sprakeloosheid bekomen was.   "Ik weet
niet alles," zei Sir Diamant langzaam. "Maar toen ik
hierachter kwam heb ik een tijd gewijd aan het proberen
te begrijpen van de Voorspelling. De eerste twee zinnen
begreep ik nooit. Misschien dat we de Eerste Heks en
Tovenaar moeten herwekken. Ik weet niet wat er met hen
is gebeurt, dus daar hebben we op dit moment weinig aan.
De Twee, die geboren zijn in de Zevende..."
"Hoe weten we dat wij de twee zijn. Misschien zijn het wel
anderen. Wij zijn niet geboren in iets met een zeven."
"Jawel. Wij zijn inderdaad allebei geboren in de Eerste
Maan in het jaar driehonderdveertig."   "En wat

heeft dat met een zeven te maken?" vroeg Lavinia.

"Het is de Zevende Magische Eclips," zei Sir Diamant.

"En dat weet je honderd procent zeker?" vroeg Lavinia.

"Ja. Elke Magische Eclips is opgeschreven in één van deze boeken," zei hij, wijzend naar de boeken die achter in de grot stonden."Dat komt omdat de Eerste Eclipsen niet de lijn van driehonderd volgden, maar willekeurig waren, dus vond men het abnormaal. Nadat dit over was, merkte men dat er een cyclus in zat, en ging men het niet meer opschrijven, behalve bij een Magische Eclips. Aangezien de meeste mensen nu niet eens meer van het bestaan van eclipsen weten wordt het al tijden niet meer opgeschreven als er een eclips aan de gang is, dus het was moeilijk om bewijzen te zoeken voor de eclips vijfentwintig jaar geleden, maar het lukte toch."

"Maar wat bedoelt de Voorspelling met "herenigd in hetzelfde Getal?"," vroeg Lavinia.   "Wij kwamen elkaar weer tegen in de Zevende Maan. Toen ik probeerde erachter te komen wat het betekende kon ik het niet weten, want het moest nog gebeuren. Ik dacht aan het moment dat we elkaar tegenkwamen op de Toveracademie, maar waarom er dan herenigd stond kon ik niet verklaren."   "Dan heb je de eerste regels verklaard, en die passen in je theorie, maar hoe zit het dan met de rest? Wie zijn de Drie?"

"Daarvan heb ik geen flauw idee. Ik denk dat dat ook nog iets moet zijn dat nog moet gebeuren, maar ik weet het niet zeker."

Lavinia bleef stil. Ze moest er absoluut zeker van zijn dat alles klopte. Ze dacht na over wat Sir Diamant gezegd had.

Toen schoot haar iets tebinnen."Ik heb geen Magische Diamant," zei ze.   Sir Diamant keek eerst verbaast, maar snapte toen waar ze naartoe wilde. Hij had gezegd dat een Magische Maansteen en een Magische Diamant vereist waren voor het beheersen van de Magische Stenen. "Wil je je amulet er bijpakken?" vroeg hij zacht, zodat niemand het kon horen, ook al was dat moeilijk met al het gekletter van de watervallen en het feit dat de grot door Magie geluidsdicht was. Lavinia haalde het amulet weer uit haar gewaad. Sir Diamant knikte. "Kan je het openen?" vroeg hij rustig.
Lavinia schudde haar hoofd. "Ik heb dat al eens geprobeerd, maar toen lukte het niet."
"Wil je het tenminste proberen?" vroeg Sir Diamant."Ik ben zelf toen ik een kind was vaak genoeg in deze grot geweest, en heb alle muren vaak genoeg aangeraakt, maar ik heb de Maansteen pas gevonden toen ik tweeëntwintig was."
Lavinia probeerde haar amulet te openen. Het lukte nog steeds niet.   "Wil jij het niet proberen?" vroeg ze aan Sir Diamant. Die schudde zijn hoofd.   "Probeer het zelf nog eens, en denk niet dat je het niet kan. Je moet weten dat het kan."   Lavinia probeerde het nog eens, maar nu hield ze zich voor dat het mogelijk was. Er kwam beweging in het amulet, maar het ging nog niet open. De beweging was echter genoeg voor Lavinia om in te zien dat het mogelijk was, en ze probeerde het amulet open te doen, en het bood geen weerstand meer. Ze kon het amulet zonder problemen opendoen. Er zat een

edelsteen in. Het was een Magische Diamant. Ze liet de edelsteen aan Sir Diamant zien. Ze wou hem uit het amulet pakken, maar Sir Diamant hield haar tegen. "Het amulet is niet Magisch van zichzelf. Het is een waardeloos stuk brons zonder die Magische Diamant. Als je het eruit haalt kan hetzelfde gebeuren als wanneer ik mijn diadeem verlies."   Lavinia trok haar hand snel terug, en stopte het snel terug in haar gewaad. "Maar nu ik weet waar mijn Magische Diamant is, waar is dan de Magische Maansteen, en waar zijn de Magische Stenen. En waar zouden we die voor kunnen gebruiken?"

"Ik heb geen flauw idee. Het enige dat ik nog weet is dat we met de Magische Stenen de Elementen beter kunnen aansturen dan ooit. En volgens mij zegt de Voorspelling ook dat wij samen het Magische Rijk kunnen beheersen. Wij samen. Niet ik met een prinses van een één of ander gek Rijk."   Het bleef stil in de grot. Behalve dan het water natuurlijk, dat kletterde altijd door. Het licht van de edelstenen bescheen de gezichten van Sir Diamant en Lavinia. Het leek wel alsof de zon scheen in het ondergrondse Rijk. Sir Diamant besloot dat het bijna tijd was om terug te keren naar Kasteel Terraronda in afwachting op de Heer van Kensingtantalia. Lavinia scheen het ook door te hebben, want ze knikte, alsof ze zijn gedachten kon lezen. Ze liepen door de waterval weer naar buiten. Sir Diamant liep weer voorop. Ze liepen de grot van de Fleurige Poelen uit.

"Je kan hier ook een bad nemen, wist je dat?" zei Sir Diamant.

"Ik dacht dat je niet kon zwemmen," grapte Lavinia. Sir

Diamant mompelde in zichzelf iets van "het water is niet
zo diep", om te laten blijken dat hij Lavinia's opmerking
niet op prijs stelde. Lavinia glimlachte. Ze liepen weer
terug naar Kasteel Terraronda. Onderweg liep Sir Diamant
een andere tunnel in dan de tunnel waaruit ze vertrokken
waren.

"Jij weet de weg terug toch?" zei hij.

Lavinia knikte, en keek verbaast. Wat was Sir Diamant van
plan?

"Wil je me een plezier doen en zelf teruglopen naar het
Kasteel. Ik moet...iets doen, iets belangrijks. Maar ik kan je
niet meenemen. Wil je..."

"Ja, ik wil wel teruglopen. Maar ben je wel op tijd terug
voor de Heer van Kensingtantalia? Ik denk niet dat hij heel
blij zal zijn als je te laat bent."

"Ik hoop het maar," zei Sir Diamant serieus, en Lavinia
begreep dat er iets ernstigs was, en dat Sir Diamant dit
niet zou doen als het niet hoefde. Ze namen afscheid, en
toen scheidden hun wegen.

* * *

Lavinia liep terug naar het Kasteel. Ze liep door poort V, en
ging het Kasteel binnen. Ze liep naar het gastenverblijf, dat
haar was toegewezen zolang ze in het Kasteel verbleef.
Onderweg naar haar kamers kwam ze de Gouverneur
tegen.

"Aah, Lavinia, ik zocht u al," zei Zacharias."Prinses Diamant
liet doorschemeren dat ze u zocht, dus zorg ervoor dat u
niets op uw agenda hebt staan. Ze komt u persoonlijk

ophalen."   En de Gouverneur
was weer verdwenen. Lavinia liep door naar haar kamer.
Ze deed de deur open, en besloot dat ze, zolang ze niets te
doen had, best een boek kon lezen. Blijkbaar was het
normaal dat er op de gastenverblijven op Kasteel
Terraronda al een kast vol boeken stond. Ze bekeek de
boeken, en besloot een boek te pakken over de wezens
die in het Rijk van het Verzonken Land leefden. Op Paleis
Vergeetmeniet las ze een interessant boek over
Elfenridders, maar dat had ze niet bij zich, dus moest ze
haar toevlucht nemen tot andere boeken. Ze had het boek
nog maar net opengeslagen of er werd op haar deur
geklopt. Ze deed de deur open en prinses Diamante stond
voor de deur. Ze had het al wel verwacht, want de
Gouverneur had verteld dat de prinses haar wou spreken,
toch stond Lavinia wel met een mond vol tanden nu een
prinses van een machtig Rijk, die notabene de moeder was
van degene die ze liefhad, voor haar deur stond. Ze
besloot dat het als eerst beleeft was een buiging te maken.
"Prinses, waaraan heb ik dit genoegen?" vroeg ze toen ze
van de verbzaing bekomen was.   "Ik wil
een woordje met u wisselen. Laten we naar de Troonzaal
gaan," zei prinses Diamante. Zonder op antwoord te
wachten draaide ze zich om, en liep naar de Troonzaal.
Lavinia volgde haar op een kleine afstand. Prinses
Diamante zag er heel anders uit dan prinses Kalea, wat
Lavinia gewend was. Ze zag er koninklijker uit. Ze droeg
een jurk van kostbare zijde, in plaats van de jurk van
normale groene stof van prinses Kalea. In de jurk waren
kleine briljantjes gesponnen. Ze had een ketting om haar

hals, waar een grote diamant in zat. Lavinia vroeg zich af of het een Magische Diamant was of dat het gewoon een normale diamant was. Desondanks was hij sowieso kostbaar, en het maakte deel uit van het beeld van prinses dat je meteen kreeg als je naar prinses Diamante keek. Wat Lavinia wel opviel was dat ze lichtblond haar had, in tegenstelling tot Sir Diamant, die zwart haar had. Ze leek veel op haar tweelingzus Nives, die Lavinia al eerder had ontmoet. Toen Lavinia en prinses Diamante aankwamen bij de Troonzaal deden twee mollen de deur open, en ze liepen naar binnen. Prinses Diamante gebaarde Lavinia te gaan zitten op een van de stoelen naast de troon, en ging zelf op de troon zitten.   "Wilt u wat drinken?" vroeg prinses Diamante aan Lavinia. Die had al nee geschud voor ze bedacht dat ze eigenlijk wel dorst had, maar het was te laat om daar nu nog op terug te komen, want prinses Diamante begon al te praten. "Ik hoorde van mijn zus Nives dat Diamant niet van plan van te trouwen met de dochter van de Heer van dat ene Rijk maar dat hij met u wilde trouwen. Is dat correct?"
"Hij heeft me inderdaad ten huwelijk gevraagd, als dat ik wat u bedoelt," antwoordde Lavinia.   "En hoe kent Diamant u, als ik vragen mag?"
"Wij zaten in hetzelfde jaar op de Toveracademie."
"Dus u kunt toveren?" vroeg prinses Diamante wantrouwig. Van Sir Diamant wist ze dat zijn Magie te vertrouwen was, maar van deze heks was ze daar nog niet zo zeker van.   "Dat is correct," antwoordde Lavinia, die het niet was ontgaan dat de prinses een toon aansloeg die wantrouwig klonk. Ze

besloot haar antwoord niet al te veel toe te wijden, om prinses Diamante niet op verkeerde gedachten te brengen. "Heeft Diamant al een manier gevonden om dit huwelijk te stoppen?" vroeg prinses Diamante.   "Hij is van plan de Heer van Kensingtantalia uit te dagen voor een weddenschap, als hij arriveerd op Kasteel Terraronda. Als hij wint hoeft hij niet te trouwen, maar als hij verliest krijgt de Heer van Kensingtantalia iets van hem."

"Wat voor een duel?"

"Ik weet het niet, maar hij zei dat de Heer van Kensingtantalia mocht kiezen."

"En mocht hij het duel winnen, dan is hij van plan met u te trouwen."   "Dat klopt."

"En uw ouders weten ervan en hebben het al goedgekeurd."

"Ik heb mijn ouders nooit gekend. Ik ben opgegroeid als wees," zei Lavinia treurig. Er viel een pijnlijke stilte. Prinses Diamante had op een hoop gerekend, maar niet dit. Ze besloot na een korte tijd de draad van het gesprek weer op te pakken."Ik heb vernomen dat u een hofdame bent geweest van mijn zus Kalea. Hoe komt het dat mijn zoon voor een simpele hofdame is gevallen?"

"Zo simpel is ze niet moeder, zonder haar was ik er nu niet geweest," zei een stem vanuit de deuropening. Het was Sir Diamant. Hij was weer teruggekeerd op Kasteel Terraronda. Hij stond al een minuut of twee zwijgend in de deuropening, maar het was niemand opgevallen. Het was echter niet mogelijk dat hij bleef zwijgen, want Lavinia zou zich niet kunnen verdedigen zonder brutaal te worden, en het laaste wat ze nodig hadden was een gekweste prinses,

want zij moest tenslotte nog steeds toestemming geven voor het huwelijk van Sir Diamant en Lavinia, als het al door zou gaan.   "Diamant, goed dat je er bent," zei prinses Diamante op een stuk vriendelijkere toon dan die ze tegen Lavinia had aangeslagen. "Waar was je?" voegde ze eraan toe. Sir Diamant troefde haar vraag af met "iets dat niets met het gesprek dat u aan het voeren was te maken heeft" en ging zitten op de stoel naast Lavinia. Prinses Diamante, die opgestaan was bij het merken dat haar zoon ook in de Troonzaal was, ging ook weer zitten, en vroeg:"Hoe bedoel je "zonder haar was ik er nu niet geweest"?"   "Heeft tante Nives dat niet verteld? Zij was degene die me vond toen ik aanspoelde in het Rijk van het Koraal, en is zo moedig geweest om mij te genezen met haar Magische Kunsten terwijl ze wist dat het strafbaar was. Ze heeft daarna geholpen om me te genezen van een Magische Spreuk, en heeft me daarna nog weten te redden toen ik "licht bewusteloos" was. En als klap op de vuurpijl heeft ze me geholpen met het organiseren van een feest, dat moeilijker is dan tien veldslagen tegen de feeën bij elkaar. U wilt het niet weten."
"Dus ik neem aan dat ze belangrijk voor je is geweest. Maar dat neemt nog niet weg dat ze geen adelijke banden heeft."
"U lijkt uw moeder wel. Zij heeft het over "economisch belangrijke huwelijken". Maar volgens mij had vader geen adelijke banden, net als oom Gunnar en oom Kaliq. Geen van beide stammen ze af van een vorstenhuis."
Prinses Diamante leek even uit het veld geslagen. Het was

duidelijk dat haar zoon echt van deze vrouw hield, dus ze had geen andere keus. "Goed. Je hebt mijn toestemming om te trouwen met deze vrouw. Maar alleen als het huwelijk tussen jou en die prinses niet doorgaat."
"Daar zorg ik wel voor moeder," zei Sir Diamant. Hij wou opstaan, maar toen kwam de Gouverneur van het hof binnen. "Mijn prinses, er is slecht nieuws," zei hij.
Prinses Diamante stond op van haar stoel, en vroeg:"Wat is er aan de hand?"   "De Heer van Kensingtantalia. Hij wil niet naar Kasteel Terrarona komen. Hij komt morgen direct naar Paleis Vergeetmeniet. Hij wil daar het formulier ondertekenen."
"Wat!" riep Sir Diamant. Dit was een grote terugslag voor hem. Als hij niet genoeg tijd had om de Heer van Kensingtantalia uit te dagen kon hij het wel schudden.
"Hoe laat komt hij daar?" vroeg Lavinia, die kalm was gebleven.   "Hij is er al. Hij wil morgen het formulierpas tekenen. Het huwelijk begint pas om zes uur 's avonds, dus..."
"Er is nog genoeg tijd," zei Sir Diamant opgelucht. Zacharias, die dacht dat Sir Diamant de tijd bedoelde die er nog was om het formulier te tekenen, zei:"Dat klopt. Als u me toestaat..." Prinses Diamante knikte, en de Gouverneur verliet de Troonzaal.   "Wel, het wordt nog een drukke dag morgen," zei prinses Diamante. Sir Diamant en Lavinia knikten.   "Ik denk dat het wel verstandig is om nu al naar het Rijk van het Koraal te gaan," zei Sir Diamant. "Het weer is goed, er is geen mist, dus we zullen er op tijd zijn."
"Prima," zei prinses Diamante. "Ik zal tegen je vader

zeggen dat hij de vloot moet klaarmaken, ook voor mijn familie."

Na anderhalf uur lag de vloot klaar. Je kon via één van de bovenste tunnels naar het gebied boven het Rijk van het Verzonken Land, waar een paar houten steigers een kleine haven vormden. Er was een schip voor de koninklijke familie, en een schip voor de afgevaardigden van het Rijk van het Verzonken Land, onder aanvoering van Gouverneur Zacharias. Tijdens de reis waren weinig incidenten, behalve een zenuwachtige Sir Diamant. Toen de vloot aanmeerde in de haven van het Rijk van het Koraal werden ze opgewacht door prinses Kalea en prins Kaliq, die al van het bericht vernomen hadden dat er een vloot in aankomst was.
"Welkom," zei prinses Kalea. "Welkom terug, Sir Diamant. Ik hoorde van het huwelijk. Ik wist niet..."   "Onzin," zei Sir Diamant."De Heer van Kensingtantalia is een bedrieger. Hij heeft met bedrog een huwelijk geregeld. Ik zou niet met die prinses trouwen."
Kalea keek even verbaast, maar zette gauw haar blik van aardige gastvrouw weer op toen ze haar ouders en twee zussen zag. Terwijl ze hen begroette, liepen Sir Diamant en Lavinia door naar de Genezer, die achter het prinsenpaar stond.
"Sir Diamant en Lavinia, fijn om jullie weer te zien," sprak hij.   "Het is ook goed om u weer te zien," zei Lavinia.
"Insgelijks," zei Sir Diamant.
"Voor ik het vergeet mylord," zei de Genezer. "Er is

iemand die u wil spreken, daar." De Genezer wees naar achteren, waar de Heer van Kensingtantalia stond, samen met zijn dochter. Zij zag er, tot Sir Diamants verbazing, heel jong uit. Niet ouder dan vijtien. Ook keek ze niet zo heel blij uit haar ogen. Sir Diamant bedankte de Genezer en liep naar de Heer van Kensingtantalia.

"Diamant, goed je weer te zien," zei de Heer op vaderlijke toon. Sir Diamant ergerde zich mateloos aan de Heer van Kensingtantalia, maar hield zich in.

"Je hebt het formulier bij je, neem ik aan," vervolgde de Heer. Hij pakte een luxe adelaarsveer uit zijn gewaad, waarmee hij het formulier wou ondertekenen. Sir Diamant pakte het formulier uit zijn zak, maar gaf het nog niet aan de Heer. "Voor u het ondertekend wil ik u een voorstel doen," zei hij.

"Ik luister..." antwoorde de Heer.

"Ik daag u uit voor een weddenschap. Een wedstrijd. Als ik win, hoef ik uw dochter niet te trouwen. U mag kiezen wat voor een wedstrijd het is."

"En als ik win..."

"Kiest u maar iets. Het maakt mij niet uit."

De Heer van Kensingtantalia knipte in zijn vingers, en twee raadgevers kwamen naar hem toe. Ze overlegden fluisterd.

"We hebben besloten," zei de Heer. "Als je verliest, krijg ik het Magische Rijk als je de oorlog tegen de Feeënkoningin gewonnen hebt. Elk deel, behalve het Grote Rijk. Als je die oorlog verliest, krijg ik het Grote Rijk."

"Wat hoor ik over het Grote Rijk?" vroeg prinses Diamante, die samen met prins Rubin, prinses Nives en prins Gunnar aan kwam lopen.

"Sir Diamant hier, daagt me uit voor een weddenschap. Als hij wint, trouwt hij niet. Als hij verliest, geeft hij mij het Magische Rijk na de oorlog tegen Feeënkoningin, maar het Grote Rijk mogen jullie houden. Verliest hij de oorlog tegen Florrisant, krijg ik het Grote Rijk. Gaan jullie akkoord of niet?" Sir Diamant keek zijn moeder vragend aan. Het Grote Rijk was niet van hem en dus ook niet van hem om weg te geven.

"Prima," zei iemand. Het was de Koning. Hij kwam aanlopen. Zijn gezicht stond serieus. De Heer van Kensingtantalia glimlachte echter vals. "Mooi zo. Ik mocht kiezen wat voor een duel het was. Nou ja, laten we het spannend maken. Driekamp, versie I.L."

"II.L," zei Lavinia. Ze kwam samen met de Genezer aangelopen. "Ooh, we gaan onderhandelen," zei de Heer van Kensingtantalia.

"II.C." "Perfect," zei Sir Diamant. Hoe laat beginnen we morgen? Dan wordt het een toernooi met een bruiloft op het laatst. Dat wordt een interessante dag."

"We beginnen morgenochtend om zeven uur precies. Geen minuut minder. Is er in dit Rijk een plek die goed is voor een toernooi?"

"Zoneiland is perfect," zei de Genezer. "Ik zal prinses Kalea wel inlichten." De oude man liep naar prinses Kalea, die in de haven met haar moeder stond te praten. De Heer van Kensingtantalia, zijn dochter en de raadgevers liepen zonder nog een woord te zeggen weg. De koninklijke familie bleef. "Wat is in hemelsnaam een driekamp versie II.C?" vroeg prinses Diamante. Ze had weinig van het gesprek kunnen volgens sinds het over het duel zelf ging en niet meer om de inzet.

"Ik zou ook wel willen weten waar ik mijn Rijk voor op het spel heb gezet," zei de Koning.   "Een driekamp is een toernooi met drie wedstrijden. Boogschieten, een duel zonder magie en een duel met magie. De versie is het aantal spelers. Wij zijn de aanvallende partij, dus ons getal is eerder genoemd. Twee, dat betekend Lavinia en ik, aangezien wij de enige zijn die kunnen toveren."   "Maar kan ze ook zwaardvechten?" vroeg prins Gunnar, zelf een expert op het gebied van zwaardvechten.

"Ik denk niet dat zelfs u een partij voor haar bent, oom Gunnar," zei Sir Diamant waarschuwend."Hoe dan ook," vervolgde hij,"het aantal tegenstanders bij de twee duellen is honderd, dus wij zullen het moeten opnemen tegen honderd tegenstanders, bij het magische- en het niet-magische duel. Bij het boogschieten werkt het anders. Daar telt het laagste aantal spelers, twee dus, en dat is het aantal rondes. Als onze tegenstander één keer in de roos schiet, moeten wij dat honderd keer doen om te evenaren. Als hij een milimeter naast de roos schiet, en wij schieten negenennegentig keer in de roos en één keer twee milimeter naast de roos, telt het laasgste getal."

"Dus de kans dat je wint is eigenlijk heel klein," zei de Koning.

"Dat ligt aan de sterkte van onze tegenstanders. Wij moeten drie keer winnen, dus als we verliezen met het boogschieten, liggen we er al direct uit. Maar wat ik wou vragen, waarom zette u uw Rijk op het spel. Tijdens de

oorlog tegen Florissant wou u niet eens dat er ook maar één man meeging. Waarom steunde u mij deze keer wel?"
"Als jij moet trouwen met de prinses van Kensingtantalia is het Rijk ook in handen van de Heer. Ik heb spionnen, en die melden over een plan van de Heer om je te doden als je getrouwd bent, zodat hij, via zijn dochter, de erfgenaam van het Grote Rijk zou zijn. Dat kon ik niet laten gebeuren."   Sir Diamant werd er stil van. Zijn grootvader stond achter hem tijdens misschien wel het belangrijkste duel van zijn leven. Na een stilte onder de aanwezigen zei prinses Nives:"Misschien is het slim voor Sir Diamant en Lavinia om te gaan slapen. Het reizen zal vermoeiend zijn geweest en..."   "Ik denk dat wij eerder moeten trainen voor het duel van morgen," zei Sir Diamant. "Daar hebben we meer aan. Tijdens een slaap kunnen we zelfs nog door spionnen van de Heer gesaboteerd worden. Dat zou erger zijn dan niet goed uitgerust zijn."
De Genezer kwam aanlopen. "Zoneiland zal in gereedheid worden gebracht," zei de man."Er zijn al kano's onderweg om tribunes klaar te zetten en de arena's klaar te maken."
"Hebt u tegen prinses Kalea gezegd welke onderdelen er zijn?" vroeg Lavinia. De Genezer knikte.   "Weet u misschien nog een plek waar Lavinia en ik ons kunnen voorbereiden voor het toernooi van morgen?" vroeg Sir Diamant.
"Er is een eiland. Het is niet veel kleiner dan dit eiland, maar het is nooit tot de hoofdeilanden gerekend. Ik denk dat het prima zal zijn om u voor te bereiden."
"Ik heb kano's klaar zien liggen in de haven," zei Lavinia.

"Als we die gebruiken voor het reizen naar het eiland en terug..."

"Goed idee," zei de Genezer. "Ik zal u wijzen hoe u moet varen." Sir Diamant nam afscheid van zijn familie, en liep toen samen met Lavinia en de Genezer naar de haven, om de kano's te halen. Toen ze de kano's gehaald hadden, vertelde de Genezer hoe ze moesten varen, en ze legden de kano's in het water. Sir Diamant, die nog nooit gekanood had, had een beetje moeite met het varen, maar na een tijdje lukte het. Lavinia had al vaker gekanood, logisch als je bedenkt dat kano's het meest gebruikte voertuig zijn in het Rijk van het Koraal, dus ze moest weer voor leraar spelen en uitleggen hoe het moest. Na een uur onvermoeibaar gekanood te hebben kwam het tweetal aan op het eiland dat de Genezer aangewezen had. Het eiland was in een oogopslag te overzien, maar was groot genoeg om op te oefenen.

"Ooh, hoe kon ik zo stom zijn," zei Lavinia ineens. Sir Diamant schrok. Ze waren toch niet iets vergeten?

"Wat is er dan?" vroeg Sir Diamant op ernstige toon.

"De zwaarden, de bogen. Allemaal vergeten. Hoe kon ik ze vergeten? Ik dacht er nog aan om ze te pakken vlak voor we weggingen maar..."

Sir Diamant lachte. Hij had iets veel ergers verwacht. Met een handgebaar toverde hij twee doelwitten. "Je zwaard zul je zelf moeten doen, daar heb ik geen macht over," zei hij tegen Lavinia. "Ik neem aan dat het een Magisch Zwaard is," voegde hij eraan toe. Lavinia knikte. Ze sloot haar ogen, en na een seconde lag haar zwaard voor haar.

Ze had het in geen jaren meer gebruikt, omdat prinses Kalea tegen wapens was en het dus verboden was aan het hof. Ze voelde dan ook een enige emotie bij het weerzien van het zwaard, aangezien de band van krijger tot wapen niet te stoppen is. Een zwaard is een verplicht item op de toveracademie. Elke student moet er één hebben. Sommige studenten waren, mede door de rijkdom van hun ouders, veroorloofd een prachtig zwaard te kopen, met ingezette edelstenen. Lavinia had, ongeacht haar rijkdom, die niet erg hoog was, toch een mooi zwaard, die, net als die van Sir Diamant, ingezette edelstenen bevatte. Hoe ze er ooit aan was gekomen? Ze had geen flauw idee. Eén van de vele raadsels uit haar jeugd. Op de Toveracademie had Lavinia vooral met Sir Diamant getraind, en ze wist zijn sterke punten. Sir Diamant was leniger dan je op het eerste gezicht zou denken, en hij was een meester in het snel stoten, ontwijken en het goed richten van het zwaard. Lavinia wist dat je hem in een zwaardduel maar op één manier kon verslaan: je moest meteen aanvallen. Niet dat hij niet goed was in verdedigen, hij kon het prima en al zou je aanvallen zou hij de meeste aanvallen weten af te weren, maar als je hem liet aanvallen werd je in het defensief gedrukt, en kon je daar alleen nog maar uit komen als hij een fout maakte, wat hij niet deed. Het zelfde werkte bij een Magische Duel. Als je hem liet aanvallen kwam je niet zonder kleerscheuren weg. Lavinia echter had een andere tactiek. Zij had geoefend op de verdedigende kant van het zwaardspel en hoefde alleen maar te wachten tot ze zelf de gelegenheid zag om aan te vallen, dan sloeg ze genadeloos toe. Ze was, net als Sir

Diamant, erg lenig en kon een aantal slagen met behendige sprongen ontwijken. Haar specialiteiten waren het aanvallend afweren, het zwaard van de tegenstander blokkeren, dan je eigen zwaard weghalen en wegspringen, zodat de tegenstander het evenwicht verloor, het overschakelen, het vermogen om van de verdediging naar de aanval over te gaan, kan strategisch ook andersom worden gebruikt, en het spinnen, snel om je as heen draaien om het zwaard meer kracht te geven. De enige verdediging is dezelfde beweging uit te voeren. Sir Diamant en Lavinia gingen tegenover elkaar staan.

"Ik tel af van drie tot nul!" riep Sir Diamant. Het bleef stil, totdat Sir Diamant begon met aftellen. "Drie... twee... één... nul!"

Bij nul deed Sir Diamant direct een uitval, die Lavinia prachtig pareerde met de verdedigende pareerstoot. Nu kon zij de aanvallen uitvoeren, en werd Sir Diamant in het defensief gebracht. Het ging een uur of twee zo door, een vrij normale tijd voor een duel tussen twee gevorderden, totdat Sir Diamant zijn zwaard in het zand stak, een teken dat het duel voorbij was. Lavinia volgde zijn voorbeeld, een teken van respect voor de opponent.

"Denk je dat we morgen mogen uitrusten tussen de onderdelen door of moeten we direct verder?" vroeg Lavinia.

"Het doel van de Heer van Kensingtantalia is om me te laten uitputten. De driekamp versie II.C is het zwaarste toernooi, afgezien van I.C natuurlijk, dus ik denk dat hij direct door wil en geen pauzes tussen de onderdelen laat inlassen. Misschien dat mijn familie nog iets in de melk te brokkelen heeft, maar ga er maar niet vanuit dat er pauzes komen."

"Laten we dan maar direct doorgaan met het Magsiche Duel," zei Lavinia, en ze toverde haar zwaard weg. Sir Diamant deed hetzelfde, en concentreerde zich. Dit keer was het Lavinia's beurt om af te tellen, dus dat kon goed, want nu werd hij niet afgeleid door de druk van het zeggen van nummers, wat weinig lijkt maar toch kan resulteren in een verlies.

"Drie... twee... één ...nul!" Bij nul toverde Lavinia direct een schildspreuk, want ze had al verwacht dat Sir Diamant zou beginnen met een bliksemschicht of een vuurbal. Het werd een bliksemschicht. De schicht keste af tegen het schild, en veranderde in een regen van gele vonken. Sir Diamant gooide nog een schicht. Weer keste hij af tegen het schild. Lavinia merkte dat het schild niet nog een schicht zou houden, dus besloot ze bij het volgende schicht dat Sir Diamant gooide een vloedgolf water als schild te gebruiken, en het geëlectrocuteerde water naar Sir Diamant te gooien. Sir Diamant reageerde op het eerste gezicht vrij kalm, maar na minder dan een seconde scheurde de grond open en een stroom van kolkende lava kwam uit het binnenste van het Magische Rijk. Het water verdampte razendsnel, en de lava neutraliseerde de electrische lading, wat resulteerde in een stortbui boven het hoofd van Lavinia, die geen zin had in natte kleren, en legde de wolk haar zin op, waardoor er nu een onweerswolk op Sir Diamant afkwam. Hij besloot de concentratie van Lavinia op de wolk te verbreken door zelf aan te vallen, en stuurde een wervelwind op Lavinia af.

Een paar bomen die op het eiland stonden ontwortelden, en werden de zee in gesleurt. Lavinia moest de magische wind stoppen, anders zou ze weggeblazen worden, dus ze stopte met haar energie investeren in de wolk, maar creërde een stenen muur, die zo stevig was dat hij niet werd weggeblazen. Sir Diamant hief de wind niet op, maar stuurde wel een bliksemschicht op de muur af. Lavinia had de muur echter zo betoverd, dat hij spreuken weerkaatste, dus nu moest Sir Diamant razendsnel reageren op zijn eigen magie. Hij gebruikte een spiegelspreuk, en de spreuk kaatste heen en weer tussen de muur en de spiegel van Sir Diamant. Sir Diamant gooide meer schichten tussen de muur en de spiegel, wetende dat zijn spiegel sterk genoeg was. Dit was echter niet te zeggen van de muur. Die kon zoveel magische straling niet aan, en verpulverde. Nu moest Lavinia de wind stoppen en de bliskem tegenhouden. Ze stak haar rechthand op, de hand met de ring, en de ring zoog alle wind en bliksem in zich op, zonder verdere schade op te lopen. Zo ging het duel nog uren door. Veel langer dan het zwaardduel, totdat beide deelnemers voelde dat hun magsiche energie op was. Ze stopten allebei met spreuken gooien, wetende dat de ander evenveel energie had, en dat zijn of haar energie ook op moest zijn. Lavinia en Sir Diamant toverde hun bogen tevoorschijn, aangezien de ander dat niet kon doen omdat ze, net als de zwaarden, magisch waren. Sir Diamant toverde twee pijlenkokers, en deed de zijne op zijn rug. Lavinia deed hetzelfde met de hare, en ze begonnen pijlen te schieten, net zolang tot de pijlenkokers leeg waren. Toen toverde Sir Diamant nog een pijlenkoker, en ze begonnen weer pijlen te schieten. De pijlen belanden allemaal in de roos. Dit deden ze net zo lang totdat ze elk honderd pijlen hadden afgeschoten.

"Weet jij hoe hard het waait op Zoneiland?" vroeg Sir Diamant, terwijl hij de doelwitten en de lege pijlenkokers wegtoverde.

"Iets als dit," zei Lavinia, en ze stuurde een windspreuk op Sir Diamant af, ongeveer zo heftig als een strandbriesje. Sir Diamant knikte. Hij dacht even na of dat problemen zou opleveren, maar bedacht zich toen dat het het voor de tegenstanders ook moeilijker maakte, en dat stelde hem gerust. Hij stak zijn hand uit, om met Lavinia terug te keren naar het Paleis. Hij had geen zin om na al die inspanning nog te gaan kanoën. Lavinia pakte zijn hand, en ze teletransporteerden. Alleen ging niet alles goed...

In het Paleis waren ook prinses Kalea en de Genezer. Ze stonden in de Troonzaal, te kijken naar de hemel boven het eilandje waar Sir Diamant en Lavinia hadden geoefend. De lucht was er al weer staalblauw, maar toen Sir Diamant en Lavinia hun Magische Kunsten hadden geoefend was de lucht pikzwart, en er kwam donder en bliksem uit de hemel. Prinses Kalea had het schouwspel met angst gevolgd. "Bent u niet bang dat ze elkaar niet afmaken?" had ze aan de Genezer gevraagd, niet omdat ze vreesde voor het leven van Lavinia, maar eerder dat van Sir Diamant. De Genezer had echter het volste vertrouwen in de jonge heks en ze moest toegeven dat als Sir Diamant haar vertrouwde, er geen rede voor haar was om dat niet te doen. De Genezer had haar vraag beantwoord met het

schudden van zijn hoofd, en toen werd het weer stil in de Troonzaal. Na een tijd werd het weer licht, en prinses Kalea verwachtte Sir Diamant elk moment, maar hij kwam niet, omdat hij nog bezig was met het boogschieten.
Ongeveer een uur daarna kwamen Sir Diamant en Lavinia aan. Ze waren doorweekt van het water. Voordat prinses Kalea haar mond open kon doen om te vragen wat er aan de hand was, zei Sir Diamant met een geïrriteerde stem:"Wie heeft gewaarschuwd dat het zomaar kan gaan regenen in dit Rijk? Net was de hemel naar strakblauw en nu giet het buiten! Is dat normaal in dit Rijk?"
Prinses Kalea kon haar lachen bijna niet inhouden. Ze wist zich te beheersen en zei:"Soms kan het zo gaan. Het zal wel een plaatselijke bui zijn geweest, want wij hebben niets gevoelt. Maar zijn jullie met de kano's door de regen gevaren?"
"Nee, ik heb ons hierheen geteletransporteerd. Helaas is het zo dat teletransportatiespreuken niet goed werken tijdens regen of onweer, dus we belanden in de zee, net voor het strand. Het water dat ons nat heeft gemaakt is geen regen, maar zeewater. Als ik ergens een hekel aan heb is het zout water. Het smaakt vreselijk in je mond! Wie heeft bedacht dat de zee zout moet zijn?!"
"Ik dacht dat het Rijk van het Verzonken Land vol zat met zout? Dan moet de prins van dat Rijk toch wel tegen een beetje zout kunnen?" grapte prinses Kalea.
"Ik ben een fijnproever wat zout betreft. Ik weet precies wanneer ergens te veel zout in zit, en dat is hier zeker het geval!"
"De lucht wordt hier ook wel erg donker," zei de

Genezer."Misschien drijft de bui onze kant op."

"Ik hoop maar dat het morgen droog is," zei Sir Diamant geïrriteerd. Met een handgebaar maakte hij zijn kleren en die van Lavinia droog, en wou de Troonzaal uitlopen.

"Mag ik weten waar je naartoe gaat?" vroeg prinses Kalea. Sir Diamant draaide zich om. Hij keek zijn tante aan, en zei:"Ik heb bondgenoten die het weer beheersen. Ik denk dat ik maar eens met de Heks van Weer en Wind ga praten en zij zal kijken of ze ervoor kan zorgen dat het morgen niet giet."   "Er komt niet nog een heks in mijn Paleis!" zei prinses Kalea. De Genezer keek geïnteresseerd. Misschien dat deze heks weer iets anders wist, hij had tenslotte veel geleerd van de Heks van Eb en Vloed.

"Misschien ga ik haar niet spreken in dit Paleis, ik heb tenslotte mijn eigen Paleis," zei Sir Diamant.   "Wil je weer weggaan?" vroeg prinses Kalea. "Ik denk niet dat mijn vader het leuk zal vinden als je weer magie moet gebruiken om te tele..."

"Best!" schreeuwde Sir Diamant."Ik blijf wel hier. Maar als het morgen nog steeds regent laat ik haar hierheen komen. Geen uitzonderingen!" Hij liep naar de deur, en gooide die met een klap achter zich dicht. Lavinia keek de Genezer aan. Hij glimlachtte, en haalde zijn schouders op. Lavinia verliet het vertrek, om te gaan slapen. Sir Diamant was al in zijn eigen vertrek, en was ging ook op bed liggen. Toen bedacht hij zich iets. Hij had een klok meegenomen van thuis om zeker te weten hoe laat het was. Hij hing de klok aan de muur. De klok stond al goed, dus daar hoefde hij niets aan te wijzigen. Met iets meer kalmte omdat hij de tijd wist kleedde Sir Diamant zich om, en ging slapen.

Sir Diamant kon weer de slaap niet vatten. Hij bleef maar woelen. Het was te warm, en dan niet normaal warm, maar echt klam warm, en het was te licht, aangezien de donkere wolk aan hen voorbij gegaan was. Verder had hij niet de concentratie om nergens meer aan te denken. Steeds flitsten herinneringen voorbij. De kapitein, de confrontatie met de vreemde gedaante, de Heer van Kensingtantalia. En als hij eindelijk de slaap gevat had, had hij vreemde dromen. Vreemde gedaantes spookten door zijn hoofd, zonder daadwerkelijk een vaste materie aan te nemen. Hij werd wakker. Hij keek op de klok. Het was kwart voor één. Nog vier uur en een kwartier en hij zou opstaan. Hij besloot opnieuw te proberen in te slapen. Hij deed zijn ogen weer dicht. Maar toen ving zijn scherpe gehoor een geluid op. Voetstappen op de gang. Uit instinct opende hij zijn ogen en stapte uit bed. In een knip van zijn vingers had hij zijn normale gewaad aan. Hij deed de deur open. Hij zag nog net een vaag persoon de hoek om lopen, en uit het zicht verdwijnen. Hij liep er stilletjes achteraan. Ook hij liep de hoek om. Hij zag de gedaante die hij net ook al had gezien. De gedaante stond stil. Sir Diamant bracht zijn rechterhand naar zijn linkerschouder. Toen hief hij dezelfde hand voor zich uit. Een geel ogende toverspreuk kwam uit zijn hand en raakte de gedaante. Die probeerde te bewegen, maar het lukte niet. Het was een blokvloek geweest, een spreuk die ervoor zorgde dat het slachtoffer niet meer kon bewegen, tenzij hij of zij over sterkere magie beheerste dan degene die de blokvloek had opgeroepen. Sir Diamant keek om zich heen. Het was eindelijk donker geworden in Paleis Vergeetmeniet, maar nu was het toch tijd om dat te veranderen. Hij keek naar de muur. Daar gingen kaarsen, maar die waren gedoofd omdat het nacht was. Sir Diamant toverde de kaarsen aan, zodat hij de gedaante beter kon bekijken.

"Lavinia?" zei Sir Diamant verbaast toen hij haar gezicht zag. "Wat doe jij hier?"   "Het enige wat ik wou doen was een glaasje water halen, meer niet," antwoordde Lavinia waarheidsgetrouw. "Kun je me nu alsjeblieft bevrijden uit deze blokvloek?"

Sir Diamant hief de blokvloek op met hetzelfde gebaar als het gebaar dat hij gebruikte om de blokvloek uit te spreken.

"Het spijt me," zei Sir Diamant."Ik hoorde voetstappen op de gang en dacht..." Sir Diamant zweeg. Hij hoorde weer voetstappen. Hij keek Lavinia aan. Zij had hetzelfde gehoord. Hij knipte in zijn vingers, om zich onzichtbaar te maken. Lavinia deed dat niet, maar liep de hoek om om te kijken wie, of wat, het was.

"Wat doe je hier?" vroeg een stem die Sir Diamant akelig bekend voor kwam, maar die hij nu niet kon plaatsen.

"Dat zou ik ook aan u kunnen vragen, *heer*," zei Lavinia met nadruk op het laatste woord, ook om Sir Diamant een hint te geven over degene die ze nu voor zich had. Sir Diamant begreep dat, en begreep nu ook wie Lavinia zo brutaal had toegesproken. Hij maakte zichzelf weer zichtbaar, maar voor hij naar Lavinia toe kon lopen kwam er alweer een ander persoon aan.   "Mag ik vragen wat jullie hier doen?" vroeg een andere stem. Sir Diamant kon de persoon niet zien, maar was er bijna zeker van dat het zijn tante was, prinses Kalea. Hij liep de hoek om. Hij zag Lavinia, prinses Kalea en, zoals hij al verwacht had, de Heer van Kensingtantalia. "Nachtfeest?" vroeg Sir Diamant sarcastisch. De Heer van Kensingtantalia voelde zich in het nauw gedreven en begon brutaal te doen."Wat doen jullie hier? Met welk recht zwerft u 's nachts in de gangen?"

"Dit is mijn paleis," zei prinses Kalea. "En ik wil graag weten wat zich speelt in mijn paleis. Met welk recht zwerft u door de gangen van mijn paleis?"

"Vraagt u eerst maar waarom uw neef en slaaf zich door de gangen bewegen." "Pardon?" zei Sir Diamant. Hij kookte van woede. Hoe haalde de Heer van Kensingtantalia het in zijn hoofd om Lavinia een slaaf te noemen?

"Mag ik vragen waarom je je excuses aanbied?" vroeg de Heer van Kensingtantalia. Sir Diamant was verbaast. Hoe kon iemand zo brutaal zijn. Als hij in een ander Rijk was, op een andere plek, had hij de Heer van Kensingtantalia iets aangedaan. Hij balde zijn vuisten. De ring om zijn vinger werd ijskoud. Hij ontspande zijn vingers weer, en de ring nam weer normale temperaturen aan. De Heer van Kensingtantalia keek van Sir Diamant naar prinses Kalea. Lavinia keurde hij geen blik waardig. Toen geen van beide iets zei, zei hij:"Ik denk dat ik weer terugga naar mijn vertrek, morgen is er tenslotte een hoop te doen." Voor prinses Kalea of Sir Diamant hem tegen kon houden, verdween hij weer. "Wat deden jullie op deze tijd?" vroeg prinses Kalea.

"Ik hoorde voetstappen, dus ik ging kijken," zei Sir Diamant. "Hoorde je de Heer van Kensingtantalia?" vroeg prinses Kalea.

"Nee, ik hoorde Lavinia, maar zij wou alleen wat water halen. Dus toen bleek alles loos alarm te zijn, maar toen hoorde ik de voetstappen van de Heer van Kensingtantalia. Ik wist niet wie het was, dus maakte mezelf onzichtbaar. Lavinia ging wel kijken, en het bleek de Heer van Kensingtantalia te zijn."

"Dus niets ernstigs?" vroeg prinses Kalea. Sir Diamant schudde zijn hoofd. Prinses Kalea wenste hen nog een fijne nacht en verliet de gang, om naar haar eigen vertrekken te gaan. Lavinia keek Sir Diamant aan. Die was duidelijk niet meer in staat om nog te slapen.

"Weet jij hoe laat het is?" vroeg ze, om de stilte die was gevallen te breken. "Toen ik mijn kamer verliet was het kwart voor één, dus nu zal het iets over enen zijn, denk ik," zei Sir Diamant. Er viel weer een stilte. Sir Diamant besloot om maar iets te gaan ondernemen. Slapen zou nu toch niet lukken. Lavinia scheen er hetzelfde over te denken, anders had ze niet gevraagd hoe laat het zou zijn en was ze niet gebleven. Hij knipte in zijn vingers. De kaarsen gingen uit, maar met zijn nachtzicht kon hij toch zien waar Lavinia was, en met zijn gehoor kon hij bepalen of ze bewoog, dus erg was het niet. Lavinia kon hetzelfde. "Ik neem aan dat je nu niet wilt slapen," zei Lavinia.

"Dat klopt," zei Sir Diamant, blij dat ze het gevraagd had.

"Wat wil je gaan doen?" vroeg Lavinia.

"We kunnen naar een zitkamer gaan. Daar zouden we

bijvoorbeeld iets kunnen... bespreken." Sir Diamant deed geheimzinnig, en Lavinia leidde hieruit af dat het belangrijk was. Ze liepen naar een zitkamer in de oostvleugel van het paleis. Sir Diamant deed de deur achter zich dicht. "Wat wou je bespreken?" vroeg Lavinia.

"Stel, wij winnen het toernooi, en die kans is reëel, wil jij dan het huwelijk vandaag nog?"   "Jij zei dat gisteren, waarom verander je van gedachte?"

"We hebben ons totaal niet voorbereid. Het lijkt me beter om het huwelijk dan morgen te houden, dan hebben we nog snel tijd een aantal gasten van mijn kant uit te nodigen, en om de mogelijke wijzigingen door te voeren aan het plan van de Heer van Kensingtantalia."

"Wie wil je dan nog uitnodigen?" vroeg Lavinia.

"Een paar goede vrienden. Harpij, Mirasol..."

"Wie is Mirasol?" vroeg Lavinia.

"Een vriendin van me. Ik heb haar ooit ontmoet en ze heeft toen besloten met me mee te gaan in de oorlog tegen de feeën."

"Ik snap wat je bedoelt. Ik vind het prima. Als het straks maar niet zo is dat er een heel leger heksen op de stoep staat, want ik denk niet dat ze dat hier kunnen waarderen."   Sir Diamant knikte. Hij keek naar zijn ring. De steen die erin zat fonkelde. Hij werd even warm, even koud, en nam toen zijn normale temperatuur weer aan.   "Is er iets?" vroeg Lavinia, die zag dat Sir Diamant stil geworden was en aandachtig naar zijn ring keek.

Voor Sir Diamant bestond er geen mogelijkheid dat hij kon liegen tegen Lavinia, dus hij gaf naar waarheid antwoord.

"Mijn ring. Hij neemt vreemde temperaturen aan. Ik geloof niet dat dat normaal is."

"Bedoel je dat hij steeds warm of koud wordt?" vroeg Lavinia.   Sir Diamant keek op van haar antwoord. "Heb jij dat dan ook?" vroeg hij verbaasd aan Lavinia. Ze knikte. "Misschien komt het omdat we dezelfde ringen hebben. Je zei zelf dat mijn ring magische was, en ik heb zo een vermoeden dat die van jou dat ook is."   "Ze zijn niet identiek. Misschien lijken ze op elkaar, maar geen enkel magisch voorwerp in het gehele Magische Rijk is identiek aan een ander. Zou ik je ring even mogen zien?" Lavinia probeerde haar ring af te doen, maar voor Sir Diamant zijn bezwaren ook maar kon uiten merkte ze al dat het niet ging. Net als eerder in het paleis. Ze stak haar hand uit. Sir Diamant vergeleek de ring van Lavinia met zijn eigen ring. Zo op het oog zag hij geen zichtbare verschillen aan de binnenkant, maar dat wilde natuurlijk niets zeggen over de binnenkant van de ring, zowel de fysieke binnenkant als de magische binnenkant. Sir Diamant probeerde niet zijn ring af te doen, hij ging er al vanuit dat dat niet zou lukken, maar keek aandachtig naar de edelsteen. Het was een diamant, net als die van Lavinia, maar hij voelde dat het verschil in die diamant zat. Hij kon hem alleen niet goed bekijken. Hij besloot zijn onderzoek naar de ringen te staken en Lavinia trok haar hand terug. "Wat denk je?" vroeg Lavinia. Ze bekeek haar ring aandachtig, maar er was op het oog niets bijzonders aan te zien. Toch voelde ze dat de ring constant van temperatuur veranderde.   "Ik weet het niet... De ringen lijken

identiek, maar ik heb de binnenkant nog niet kunnen zien,
dus zeker zijn we er niet van. Ze lijken vrij normaal, maar
toch zijn ze magisch."   "Hoe magisch?"
vroeg Lavinia."Krachtig, of gewoon magisch."
"Als je op een schaal zit van één tot tien met kracht, zitten
we op veertien," zei Sir Diamant."Ik voel een enorme
kracht van deze twee ringen afkomen."
"Maar wat het is weten we nog niet," zei
Lavinia."Misschien komen we daar later nog achter."
"Misschien," zei Sir Diamant, niet erg overtuigd. Hij keek
om zich heen, maar bedacht zich toen dat hier geen klok
hing. Hij zuchtte van vermoeidheid. Hij was niet moe, het
was eerder vermoeiend om nergens een klok te zien
hangen in dit Rijk. Hij knipte in zijn vingers, en de klok uit
zijn kamer verscheen, als een schim, als rook, maar hij gaf
wel de tijd aan. Het was kwart voor twee. Hij knipte nog
een keer in zijn vingers, en de klok verdween weer. Hij
knipte nogmaals in zijn vingers, en een schaakspel
verscheen. Het was echter geen gewoon schaakspel, het
was een magisch schaakspel. Lavinia herkende het spel, ze
had tenslotte vaak genoeg met Sir Diamant schaakt op de
Toveracademie, en betoverde de stukken. Sir Diamant
betoverde ook zijn stukken. Het waren nu
miniatuursoldaten die echt bewogen. Ook werden de
stukken groter en inposanter, net als de vlakken, er was
tenslotte wel genoeg ruimte nodig voor alle stukken.
Ruiters werden draken, torens werden kastelen, soldaten
werden ridders te paard. De koning en de koningin keken
hooghartig naar het leger van de vijand, en de raadgevers
werden machtige tovenaars in dienst van de twee

koningsparen. Ook de koning, de koningin en de tovenaars reden op paarden. Toen de stukken hun gedaanteverwisseling ondergaan hadden voerde Sir Diamant met zwart, in het Magische Rijk mag zwart beginnen als je op het grondgebied van het Kwaad zit, en wit als het Goede aan de macht is, de openingszet. "Koningssoldaat twee velden naar voren," zei hij kalm. Het paard van de ridder steigerde inposant, en liep twee velden naar voren. De ridder maakte nog een paar zwaardbewegingen, om de tegenstander bang te maken, maar hield toen stil.

"Koninginnesoldaat, twee naar voren," zei Lavinia. De ridder reed iets minder zeker twee velden naar voren, omdat hij wist dat de witte soldaat hem kon slaan. Dat was ook wat Sir Diamant deed."Koningssoldaat, versla de koninginnesoldaat van wit."   De koningssoldaat van zwart hief zijn zwarte zwaard op, en sloeg op de witte soldaat in. Deze pareerde echter de aanval. Bij magisch schaak was het namelijk zo dat de soldaten met elkaar het gevecht aangingen. De tovenaar of heks die de concentratie het meest op het spel had, won het gevecht. De aanvaller kon in een verdediging niet dood, maar stond wel op sterven na dood. Sir Diamant en Lavinia concentreerden zich op het duel. Uiteindelijk was het de soldaat van Sir Diamant die won. Hij gaf de genadeklap aan zijn tegenstander, en met een afgrijelijk gegil, dat niet erg hard was, het blijven minatuursoldaatjes, veranderde de soldaat van Lavinia in een witte wolk, die van het bord afdwaalde, en naast het bord neerstreek.   "Koningin, versla de koningssoldaat van zwart," zei Lavinia. Sterke stukken hadden een voordeel tegenover zwarte stukken, dus het was onmogelijk voor Sir Diamant om deze soldaat te redden. De witte koningin reed op haar witte paard naar voren, en hief haar scepter op. Een witachtige straal kwam uit de scepter, en ook de soldaat van Sir Diamant veranderde in een wolk, alleen was deze wolk zwart en niet wit. Na een tijd doorschaken viel de tovenaar van Sir Diamant de witte koning aan, en won. Het spel was over. Sir Diamant liet de klok weer verschijnen en zag dat het half drie was. Ze hadden drie kwartier geschaakt, niet te lang maar ook niet te kort. Ze besloten door te schaken, de rest van de nacht. Na een aantal potjes merkte Lavinia dat ze geen partij meer was voor Sir Diamant, en ze gaf op. Het was inmiddels vijf uur.   "Laten we gaan eten," zei Sir Diamant."Dan eten we nu, en gaan we daarna naar Zoneiland voor het toernooi, dat begint om zeven uur." "Prima idee," zei Lavinia.

Ze gingen naar de eetzaal. Ze namen een, voor Sir Diamant karig, ontijt dat voornamelijk bestond uit brood en beleg. Toen ze het ontbijt achter de kiezen hadden was het zes uur. Ze liepen naar de kano's, en gingen op weg naar Zoneiland voor het toernooi. Onderweg dacht Sir Diamant dat hij een vreemde mist zag, ergens in de verte, maar die gedachte verdreef hij snel met "het zal wel een ochtendmist zijn". Toen ze aankwamen op Zoneiland merkten ze dat het niet rustig was. Overal waren al mensen bezig met het opbouwen van de schietbaan. Toen ze aankwamen werden ze begroet door prins Kaliq, die de werkzaamheden aanvoerde, en ook tweede

toernooimeester was. Na hem begroet te hebben liepen Lavinia en Sir Diamant door naar één van de tribunes, en namen plaats. Het was inmiddels kwart voor zeven, het toernooi ging bijna beginnen. Om tien voor zeven arriveerde de Heer van Kensingtantalia. Hij keek nogal nors om zich heen. De twee raadgevers die met hem meegekomen waren stonden naast hem. Hij negeerde Sir Diamant, en ging demonstratief aan de andere kant van het toernooiveld zitten, op een andere tribune, maar ging na korte tijd daar al weg, en liep naar prins Kaliq. Ze praatten wat, en prins Kaliq riep met een nors gezicht een aantal werkers bij zich. Na een korte tijd snapte Sir Diamant waarom de Heer van Kensingtantalia met zijn oom wilde praten. Er kwam een mooie zetel voor de Heer van Kensingtantalia, met een mooi kussen, en er werd een tafel bijgezet met een glas erop, waarvan, voor zover Sir Diamant het kon zien, de inhoud bestond uit een zwarte vloeistof, wat de Heer van Kensingtantalia tot zijn walging opdronk. Toen er nog maar enkele minuten overwaren gingen Sir Diamant en Lavinia naar de deelnemerstent, en bereidden zich voor op de driekamp. Na een minuut hoorden ze de stem van prins Gunnar, die eerste toernooimeester was. Hij kondigde de wedstrijden aan. Nadat hij klaar was hoorden ze prins Kaliq, die de deelnemers naar voren riep.
"Diamant en Lavinia, vertegenwoordigers van de kant van Sir Diamant, en boogschutter-generaal Hamleton, namens de kant van de Heer van Kensingtantalia."
Een hoop gejuich en gejoel oversemde het geluid van de stem van prins Gunnar, die de spelregels probeerde uit te

leggen. De Heer van Kensingtantalia deed geen moeite om
de supporters van zijn kant het zwijgen op te leggen.
Integendeel, hij deed zelf mee aan het gejoel en gejuich.
Pas na vijf minuten wist prins Gunnar ze het zwijgen op te
leggen. Hij begon de spelregels uit te leggen van het
boogschieten. Toen hij dat gedaan had, zei
hij:"Deelnemers, pak uw bogen. Sir Diamant en Lavinia
hadden een normale handboog, maar boogschutter-
generaal Hamleton had een kruisboog meegenomen,
waarschijnlijk omdat die harder schoot en zo had hij dus
geen last van de wind. Sir Diamant had hier niet op
gerekend. Hij had, waarschijnlijk zou hij zichzelf achteraf
heel naïef vinden, erop gerekend dat de tegenstander ook
last zou hebben van de wind. Hij besloot dat er niet veel
aan te doen was, in het regelement stond tenslotte niets
over het meebrengen van een kruisboog bij een
schietwedstrijd. Alleen bij een handboogwedstrijd was het
verboden. Prins Gunnar nodigde boogschutter-generaal
Hamleton uit een stap naar voren te doen, zijn pijl op te
leggen, en te richten. Toen hij dat gedaan had, zei prins
Gunnar:"U moet de pijl binnen dertig seconden geschoten
hebben, als u dat niet doet, wordt het schot ongeldig
verklaard. Als u er klaar voor bent... Mooi! Binnen dertig
seconden!"
Prins Kaliq had een zandloper in zijn handen, waarmee hij
de tijd aflas, maar dat was niet nodig geweest. Na een
seconde had boogschutter-generaal Hamleton al in de
roos geschoten. Het publiek ging uit zijn dak, aangezien
het grootste deel van de toeschouwers supporters van de
Heer van Kensingtantalia waren. Nu was het de beurt aan

Sir Diamant om zijn pijlen te schieten. Naast hem stond een bak met honderd pijlen. Het doelwit was betoverd dat als de score door de jury, prins Kaliq en prins Gunnar, was gelezen, de pijl verdween, zodat er minder tijd vergooid werd aan het eruithalen van de pijlen.

"Binnen vijtig minuten moet u al uw pijlen afgeschoten hebben," zei prins Kaliq. "En ze moeten allemaal in de roos zitten," voegde hij eraan toe.

Sir Diamant schoot zwijgend zijn pijlen. Na ongeveer een half uur had Sir Diamant al zijn pijlen geschoten. Allemaal zaten ze in de roos. Nu mocht Lavinia beginnen. Ze richtte, maar iets blokkeerde haar. Ze struikelde, maar kon nog net de pijl schieten. Hij belandde echter niet in de roos, maar op een paar centimeter ernaast. Ze keek naar wat haar liet struikelen. Toen zag ze een tak. Blijkbaar had iemand haar willen saboteren. Sir Diamant, die het ook had gezien, keek woedend naar de tribune. De Heer van Kensingtantalia keek grijzend naar de pijl, die langzaam vevaagde. Toen keek hij naar prins Gunnar. Hij haalde zijn schouders op. Dit mocht niet waar zijn! Als de boogschutter-generaal in de roos schoot, of dichter dan Lavinia bij de roos, lagen ze er al uit. Dan hoefde de rest van het toernooi niet eens gespeeld te worden. Lavinia schoot de rest van haar pijlen. Na een halfuur zaten alle pijlen in de roos, maar toch, de laagste score telt. De boogschutter-generaal liep naar voren. Hij laadde zijn kruisboog, en richtte op het doelwit. Opeens stak een vreemde wind op. Boogschutter-generaal Hamleton probeerde de boog nog goed te richten, maar de boog was te zwaar om tegen de wind in te gaan. Hij besloot het beste ervan te maken, en schoot. De pijl zat meer dan een decimeter naast de roos. Als de boogschutter-generaal een normale boog had gekozen, had hij het gehouden. Sir Diamant kon opgelucht ademhalen. Ze hadden de eerste test gewonnen. Hij keek om zich heen. Hij was ervan overtuigd dat het geen normale wind was geweest. Het was een magische wind. Er was niemand van wie hij dacht dat hij of zij de wind zou kunnen besturen. Zorgen voor later, hij moest zich nu op het toernooi focussen. De Heer van Kensingtantalia liep naar prins Gunnar en prins Kaliq. Hij zei iets tegen hen, en liep toen weer door. Prins Gunnar en prins Kaliq overlegden iets, en maande de toeschouwers toen tot stilte.

"Wij hebben een verzoek gekregen van de Heer van Kensingtantalia om direct door te gaan met het volgende onderdeel, anders zijn we hier, volgens hem, over een week nog. Wij zullen zijn verzoek in acht nemen. Als onze deelnemers er klaar voor zijn, zullen we nu de schietbaan ombouwen tot een toernooiveld. Dit zal hooguit een half uur duren."   Sir Diamant keek grijnzend naar de Heer van Kensingtantalia. Die leek alleen woede uit te stralen. Hij had er blijkbaar op gerekend dat alle velden al klaar waren. Hij liep naar Sir Diamant toe, maar toen hij halverwege was, bedacht hij zich, en hij liep terug. Na ongeveer een half uur was het toernooiveld in gereedheid gebracht, en kon het toernooi beginnen. Prins Gunnar en prins Klaiq kondigden de wedstrijd aan, en iedereen ging op de tribunes zitten. Behalve Sir Diamant, Lavinia, en de deelnemers namens de kant van de Heer van Kensingtantalia.   "Namens

Sir Diamants kant van het toernooi, Diamant en Lavinia, en namens de kant van de Heer van Kensingtantalia aanvoering door generaal Macodan. Deelnemers klaar?" Prins Gunnar keek naar Sir Diamant en Lavinia, en naar generaal Macodan. Ze knikten alle drie. Sir Diamant en Lavinia gingen aan de ene kant van het toernooiveld staan. Ze hadden hun zwaarden op hun rug, dat vonden ze fijner dan in een schede, wat generaal Macodan wel had. Naast generaal Macodan stonden nog negenennegentig andere soldaten. Het was een groot veld, zodat iedereen redelijk wat ruimte had. Prins Gunnar blies op een fluitje, en het gevecht was begonnen. Sir Diamant en Lavinia renden naar het midden van het veld, zodat ze alle ruimte hadden. Maar al snel werden ze omringt door soldaten van generaal Macodan. Hij zelf stond niet vooraan in de linies, maar stond iets verder naar achteren, om de troepen bevelen te geven, en om ervoor te zorgen dat hij zelf geen gevaar liep. Sir Diamant en Lavinia pakten hun zwaarden, en gingen rug aan rug staan, zodat ze niet van achteren besprongen konden worden. Ze versloegen aardig wat soldaten, maar er kwamen ook steeds meer bij. Het was niet meer mogelijk ze allemaal te houden. Ze hadden geoefend tegen één tegenstander, maar deze tegenstander had nog tachtig armen! Sir Diamant comuniceerde telepatisch met Lavinia, om ervoor te zorgen dat ze hetzelfde in haar hoofd had als hij. De beweging die hij wilde maken zou alleen lukken als ze het allebei deden, en ook allebei goed. Lavinia hoorde de stem van Sir Diamant in haar oor, en begreep wat hij wou. Ze zouden de beweging uitvoeren. In drie... twee... één...

Op het schip van de Evalians ijsbeerde de heks in de stuurhut. Thegas stond naast haar. Hij keek door een verrekijker naar Zoneiland. Sir Diamant had zich vergist in de mist. Het was niet zomaar een normale ochtendmist, maar het was de mist die om het schip van de Evalians heenhing. De heks hield het toernooi goed in de gaten. Of eigenlijk liet ze Thegas dat doen, en bedacht ze zelf wat haar volgende zet zou zijn. Wat kon ze doen? Ze had een plan bedacht, maar dan moest de bruiloft niet vandaag zijn, maar morgen. En dat kon alleen als Sir Diamant het toernooi won, en niet hoefde te trouwen met de dochter van de Heer van Kensingtantalia. Trouwen, zelfs als de heks alleen al aan het woord dacht moest ze al kokhalzen. Het was niet te geloven. Waarom zo iemand eeuwig trouw aan iemand willen zweren? Wat is het nut ervan? Teghas maakte een onverwachte beweging.
"Wat gebeurt er? Is Sir Diamant aan het verliezen?" riep de heks. Ze griste de verrekijker uit de handen van de leider van de Evalians. Ze hield hem voor haar oog. Ze zag Sir Diamant en die andere heks, en blijkbaar werden ze in het nauw gedreven. Kon hij dan ook niets zelf? Ze had ook al een magische wind op hem af moeten sturen om die boogschutter van de Heer van Kensingtantalia onderuit te halen, aangezien zijn geliefde vriendin blijkbaar niet in de roos kon schieten. Ze hief haar hand op, en kneep hem met kracht weer dicht. Ze keek door de verrekijker. De soldaten van de Heer van Kensingtantalia waren

omvergeblazen als lucifers. Deze tweede ronde was ook nog goed gegaan...

Sir Diamant en Lavinia hadden net een move willen maken waarmee ze een hoop tegenstanders hadden kunnen uitschakelen, maar toen kwam die vreemde wind weer. Ze hadden wel gewonnen, maar blijkbaar was er weer magie in het spel. Maar wie? Ze liepen het veld af. De Heer van Kensingtantalia stond te praten met prins Gunnar en prins Kaliq. Sir Diamant en Lavinia liepen naar hen toe, maar toen ze aankwamen, liep de Heer van Kensingtantalia weg zonder hen ook maar een blik waardig te keuren.
"Wat is er aan de hand?" vroeg Sir Diamant aan de toernooimeesters.   "De Heer van Kensingtantalia denkt dat er magie in het spel is en dat er vals is gespeeld," zuchtte prins Kaliq.
Sir Diamant kon niet ontkennen dat hij daar zelf ook vanuit ging, en hij had de ronde opnieuw laten spelen als er iets op het spel stond dat minder waard was.
"Dus," zei Sir Diamant."Wat doen we nu?"
"Wil je nu al door met ronde drie?" vroeg prins Gunnar.
Sir Diamant keek naar Lavinia. Zij haalde haar schouders op. Hij dacht even na, en knikte toe. "Hoe eerder het voorbij is, des te eerder we er vanaf zijn," zei hij. Prins Kaliq kondigde de derde ronde aan. Het toernooiveld hoefde niet veranderd te worden, aangezien het al een duelleerveld was. Sir Diamant en Lavinia gingen aan de dezelfde staan als bij het zwaardduel, maar aan de andere kant stonden nog geen tegenstanders.
"Wil tovernaar-generaal Flucason zich samen met zijn

troepen melden op het toernooiveld?" riep prins Gunnar.
"Kijk, daarboven!" riep iemand uit het publiek. De menigte
die op Zoneiland bijeen gekomen was keek massaal naar
boven. Daar bevond zich dan ook wel een spectakel. De
honderd magiërs van de Heer van Kensingtantalia waren
daar. Maar ze waren niet alleen. Ze zaten op honderd
draken. Sir Diamant bracht zijn vingertoppen naar zijn
slaap, en concentreede zich.   "Is het gebruik van
draken toegestaan volgens het regelement?" vroeg prins
Rubin, die naast de twee toernooimeesters was gaan
staan.
"En het gebruik van magie is dat wel?" riep een stem vanaf
de tribune. Het was de Heer van Kensingtantalia. Hij was
opgestaan, en liep naar de toernooimeesters en prins
Rubin toe.   "Ik had de vorige twee rondes al gewonnen
moeten hebben, maar iemand hier klooit met magie!
Tweemaal een vreemde wind! Hoe willen jullie dat
verklaren?! Ik vind dat ik het volste recht heb om draken
te gebruiken. Het zijn tenslotte magische beesten."
Als Sir Diamant zou hebben gehoord hoe de Heer van
Kensingtantalia over draken had gesproken, had hij hem
wat aangedaan. Het waren nobele wezens, die altijd trouw
bleven aan de berijder, in tegenstelling tot mensen. Hij
was van mening dat ze niet tot de dieren behoorden, en
zeker niet tot beesten, maar tot een eigen volk, net als
mensen, elfen, heksen, kabouters, dwergen en ga zo maar
door. Maar dit alles hoorde hij niet. Hij was in
concentratie. Hij had een plan. Lavinia had hij het plan
telepatisch gestuurd, zodat zij hetzelfde zou doen. Prins
Gunnar kondigde aan dat het duel was begonnen, en de

draken spuwden vuur de lucht in, om indruk te maken op
de menigte, waaronder een aantal kinderen uit het Rijk
van het Koraal. Sommigen vonden het prachig om te zien,
anderen huilden van doodsangst.

"Hoe druft hij! Wie denkt hij wel niet wie hij is!" krijste de
heks. Ze was buiten zinnen van woede. Hoe dufde de Heer
van Kensingtantalia draken mee te nemen naar het
toernooi. Ze smeet de verrekijker op de grond, en
concentreerde zich op een spreuk om de draken te
stoppen. Thegas had de verrekijker opgepakt, een keek
erdoor. Hij zag dat Sir Diamant zich ook al aan het
voorbereiden was op een toverspreuk.
"Ik denk dat Sir Diamant en die andere heks prima
opgewassen zijn tegen draken," zei Thegas."Ze
concentreren zich al op een spreuk."
"Wel, toch help ik ze. Ik wil geen risico nemen," zei de
heks. Ze knipte in haar vingers. Ze riep de bliksem op.
Maar iets ging mis. De schicht knalde neer voor het raam
van de stuurhut, en de boot schommelde een beetje.
Thegas lachte pesterig, maar hield daar snel mee op toen
hij de woede van de heks zelfs onder de kap zag.
"Hoe is dit mogelijk?!" krijste de heks. Ze knipte nog twee
keer in haar vingers, maar de schichten kwamen niet
verder dan een meter of tien van het schip.
"Sir Diamant staat er dus alleen voor..." besloot ze.

Dat was niet helemaal waar. Sir Diamant had de hulp van
Lavinia. Ze gebruikte dezelfde spreuk als hij, maar zij deed
het met een ander element. Voor Sir Diamant verscheen

een grote vlam, die in de lucht bleef zweven, en voor Lavinia kwam een ijskristal, dat hetzelfde deed. Uit de vlam kwamen Vuurgeesten, dezelfde die Sir Diamant had gebruikt tegen de heks, en uit het kristal kwamen IJsgeesten. Ze vermenigvuldigden zich op dezelfde manier als tegen de heks, en er kwamen er steeds meer. Af en toe ging er eentje dood door de adem van de draken, maar uiteindelijk was er een leger van Vuur- en IJsgeesten. Ze staken allemaal tegelijkertijd hun staf in de lucht, en er verscheen een vlam bij de Vuurgeesten, en een ijskrijstal bij de IJsgeesten. De vlam en het kristal namen langzaam een vorm aan. Ze werden groter dan een draak, maar gingen ook steeds meer op een draak lijken. De draken probeerde vuur te spuwen richting de twee draken, maar het lukte niet hen uit te schakelen. Toen de transformatie voltooid was, was er een IJsdraak en een Vuurdraak. Ze waren zo groot als twee draken van de Heer van Kensingtantalia samen, en hadden een huid die ondoordringbaar was voor de adem van de vijandelijke draken. Op precies hetzelfde moment spuwde ze vuur en ijs naar de tegenstanders. Een aantal wisten zich nog te redden door op het juiste moment hun draak aan te sporen naar beneden te gaan, onder wie tovenaar-generaal Flucason, maar een groot aantal draken en tegenstanders vond de dood. De Heer van Kensingtantalia balde zijn vuisten. Hoe drufden ze! Hij spoorde tovenaar-generaal Flucason aan om de strijd op de grond voort te zetten, maar daar waren ze geen partij voor de machtigste tovenaar en heks van het Magische Rijk. Uiteindelijk bliezen ze de aftocht, en Sir Diamant en Lavinia konden weer opgelucht ademhalen. Ze hadden het gered!

De heks kon weer opgelucht ademhalen. Ze hadden het gered. Met de Spreuk der Draken van de Elementen hadden Sir Diamant en Lavinia het gered. Ze waren nu nog uitgeput ook, want het was een bezwering die veel energie koste. Maar nu was niet het moment om ze aan te vallen, nog niet. Dat kwam morgen pas.
"Morgen wordt een speciale dag voor je Sir Diamant, dat kan ik je beloven!" gilde de heks. Ze lachte gemeen, en Thegas boog en verliet de stuurhut. Hij ging naar de Evalians, om het plan uit te leggen. Morgen zou geen glorieuze dag worden...

* * *

Sir Diamant had zijn weddenschap tegen de Heer van Kensingtantalia gewonnen, en hoefde dus niet te trouwen met zijn dochter. Ze leek daar zelf ook opgelucht van, maar veel maakte Sir Diamant daar niet van mee, omdat ze, samen met de hele hofhouding van de Heer, teruggingen naar Kensingtantalia. Dezelfde dag nog. De Heer van Kensingtantalia zelf leek er niet al te blij mee. Sir Diamant had aangekondigd dat de bruiloft tussen hem en Lavinia zou worden verplaatst naar morgen, en er begonnen weer voorbereidingen voor een feest, maar dit keer hoefde Sir Diamant dat niet allemaal zelf te doen, want die taak was overgelaten aan prinses Kalea en prinses Diamante, maar eigenlijk bleek dat niet helemaal waar, want hij werd constant opgeroepen door de twee prinsessen om vragen

te beantwoorden over de decoratie en de taart. Lavinia
had het eerder druk met het passen van een geschikte
jurk, die aangeboden werden door de beste kleermakers
van het Grote Rijk. Uiteindelijk werd het wit, zoals de
tradititie zegt. Er moesten nog een aantal gasten
uitgenodigd worden, die eerst door de Heer van
Kensingtantalia werden afgewezen, zoals de
Heksenkoningin, Strega, Harpij, en Mirasol. De eerste en
de laatste had Lavinia nog nooit ontmoet, en ze was
benieuwt wie ze waren. Ook een aantal mensen van de
hofhoudingen van de Rijken in het Grote Rijk werden
uitgenodigd, samen met de vijf prinsessen, die tenslotte
ook gewoon familie van Sir Diamant waren. Ook de
Genezer van de Koraaleilanden was, op uitnodiging van Sir
Diamant en Lavinia zelf, ook van de partij. De hele dag
stond in het teken van het organiseren van het feest. De
ceremonie zelf werd in de Troonzaal gehouden, maar ook
de gangen van het paleis moesten op hun mooist zijn,
want daar kwam het bruidspaar ook langs. De ceremonie
zou beginnen om vier uur, met aansluitend de receptie en
een banket. De ceremonie zou voltrokken worden door
Zacharias, de Gouverneur van het Rijk van het Verzonken
Land, omdat hij de enige persoon was die door iedereen
was goedgekeurd. De tijd tikte door. Het werd twaalf uur,
één uur, twee uur, drie uur, half vier... De klok sloeg vier.
Bong... Bong... Bong... Bong... De klok sloeg vier. De gasten
waren verzameld in de Troonzaal. Volgens de traditie van
het Grote Rijk diende het bruidspaar door de gangen van
het paleis, hand in hand, de Troonzaal binnen te lopen. De
deuren naar de Troonzaal gingen open, en Sir Diamant en

Lavinia kwamen binnen. Lavinia had een witte bruidsjurk, en Sir Diamant een indigo gewaad met zwarte mantel. Geen van beiden hadden ze hun ringen om, die werden gebruikt om hen in de echt te verbinden. Vreemd genoeg hadden de ringen geen weerstand geboden toen ze aan Zacharias werden overhandigd. Het bruidspaar liep naar voren. Langs het middenpad stonden stoelen, waar de gasten op zaten. De troon was weggehaald, en er was een lege plek gecreëerd, waar Zacharias al klaar stond. Toen het bruidspaar op de aangewezen plek stond, begon de ceremonie.   "We zijn vandaag samengekomen om twee verliefde mensen in de echt te binden. Ik mag u vragen allen te gaan staan," zei Zacharias met plechtige stem. De gasten gingen als één man staan. Toen vervolgde Zacharias:"Ik mag u beiden vragen het jawoord te geven. Diamant Rubin Aructurus, neem jij Lavinia Helena als je echtgenote, zul je haar liefhebben en trouw zijn aan hem?"

"Ja," antwoordde Sir Diamant.

Zacharias knikte, en vervolgde de ceremonie. "Lavinia Helena, neem jij Diamant Rubin Aructurus als je echtgenoot. Zul je hem liefhebben en trouw zijn aan hem?"   Lavinia knikte en zei:"Ja."

"U heeft allebei het jawoord gegeven. Ik vraag u, Diamant, de ring om de vinger van Lavinia te doen." Sir Diamant schoof Lavinia's ring om haar vinger, en Zacharias vervolgde:"Ik vraag u, Lavinia, de ring om de vinger van Diamant te doen." Lavinia deed Sir Diamants ring om zijn vinger. Zacharias ging staan en spreidde zijn armen. "Dan verklaar ik u nu, tot man en vrouw. U mag de bruid kussen." Lavinia en Sir Diamant kusten. Deze dagen zou niemand ooit vergeten. Hoe Sir Diamant en Lavinia samen het toernooi hadden doorstaan, hoewel ze vele hinderlagen hadden, nooit opgegeven hadden. Deze dag verenigde ze meer dan ooit. Twee tot één.

De receptie was inmiddels aan de gang. De stoelen in de Troonzaal waren weggezet en tegen de muren waren er tafels gezet met hapjes en drankjes. De gasten aten, dronken, en feliciteerden het bruidspaar. Maar volgens de traditie waren er geen cadeautjes. Ook de Heksenkoningin kwam het bruidspaar feliciteren. Ze liep naar Sir Diamant en Lavinia toe, maar onderweg kwam ze de Koning tegen. Ze bleef stilstaan. IJzige blikken werden uitgewisseld, maar toen liep ze weer door. Toen ze bij hen aankwam, feliciteerde ze hen, en toen was het tijd voor Sir Diamant om haar voor te stellen aan Lavinia en andersom.
"Lavinia, de Heksenkoningin, Strega. Strega, Lavinia, mijn echtgenote."   "Aangenaam kennis te maken," zei Lavinia vriendelijk en ze schudde de hand met Strega. Strega had voor deze gelegenheid een scharlakenrode jurk aangetrokken, wat paste bij haar rode haren. Zr had, net als Sir Diamant, een diadeem, maar hij was niet van zilver, maar van goud, en had een Robijn in zich. Naast haar diadeem had ze ook nog een kroon, in het goud met kleine ingelegde robijnen.
"Insgelijks," zei de Heksenkoningin."Maar Diamant, is het nu niet *Lady* Lavinia?"   "Hoe bedoelt u?" vroeg Sir Diamant.
"Wel, de vrouwelijke vorm van Sir is Lady. En aangezien jij

de titel Sir kreeg toen je Oppergeneraal van het Duistere Leger werd is het niet meer dan logisch dat zij dat ook krijgt." Lavinia keek Sir Diamant glimlachend aan. "Lady Lavinia, klinkt niet slecht," grapte ze. Sir Diamant glimlachte. "Ik vind het prima. Als jij zo genoemd wil worden."   "Nee, nee, nee. Ik spreek je toch ook niet met Sir aan. En ik denk dat mensen me sowieso niet vaak zullen aanspreken, zelfs al word ik ooit Koningin van het hele universum! Ik denk dat ze jou zullen aanspreken."

"Dat is prima," zei Strega. "Maar als jullie me excuseren, ik denk dat er meer mensen zijn die jullie nog willen feliciteren." Ze feliciteerde het bruidspaar nog een laasten keer, en draaide zich om. Ze liep naar Harpij, die ergens verderop stond. Zij had Sir Diamant en, om het officieel te doen, Lady Lavinia al gefeliciteerd. Mirasol was de volgende in de rij.

"Gefeliciteerd, mylord, mylady," zei ze. Het eerste wat Lavinia opviel was dat ze neerknielde voor Sir Diamant, terwijl de andere alleen een buiging maakten. Mirasol zag er heel anders uit dan de Heksenkoningin. Ze had zwart haar, dat tot haar schouders kwam, en het was krullend, terwijl Strega rood, lang haar had, dat alles behalve krullend was. Ze droeg een zwart-blauwe jurk, en had een medaillon om haar nek, met daarop een letter uit een oud schrift, dat Lavinia niet kon lezen. Ze stond op.

"Ik ben blij je weer te zien Mirasol," zei Sir Diamant, die geen aandacht bood aan het feit dat ze als enige neerknielde. "Mag ik aan je voorstellen, Lavinia. Of zoals Strega het wil, Lady Lavinia. Lavinia, Mirasol. Een machtige heks. Ze heeft me vanaf het begin van de oorlog gesteund en geholpen."

"Het mag geen naam hebben mylord," zei Mirasol."Ik probeerde u te bereiken, maar ik vond geen signaal. Was u al die tijd hier?"

"Laten we zeggen, het grootste deel van de tijd. Ik ben ook in het Rijk van het Zand en in het Rijk van het Verzonken Land."

"Er gingen berichten van uw sterfte de ronde, maar die geloofde ik niet. Totdat ik hoorde dat het door verraad gepleegd was. Ik heb tijden gereisd, maar ik kon de kapitein niet vinden."   "Was u in het Rijk van het Verzonken Land?" vroeg Lavinia verbaast. Mirasol keek op. Ze had niet verwacht dat Lavinia zou praten tijdens haar conversatie met Sir Diamant. Ze knikte. Het bleef een tijdje stil. Niet in de zaal, het geroezemoes overstemde elk ander geluid. Mirasol besloot dat het tijd was om verder te gaan, en ging weer door. Zacharias kwam langs.

"Lady Lavinia, Sir Diamant, misschien is het een goed plan, nu iedereen u gefeliciteerd heeft, om de bruidstaart aan te snijden."

"Dat is een goed plan," zei Lavinia. Sir Diamant knikte instemmend. Ze liepen naar de verhoging waar normaal de troon stond. Daar stond nu de bruidstaart. Hij was wit, en stond op een tafel. Hij was ongeveer een halve meter groot, en er lag een mes naast, om de taart aan te snijden. Sir Diamant keek naar Zacharias. Die knikte. Sir Diamant en Lavinia sneden de taart aan. Ze sneden er twee stukken vanaf, volgens de traditie van het Grote Rijk. De gasten applaudiseerden. Lavinia keek Sir Diamant aan. Ze glimlachtte. Alles leek goed te gaan. Tot nu toe dan...

De heks was nog steeds op het schip van de Evalians. Ze ijsbeerde door de stuurhut. Thegas was al weggegaan, maar zij moest de bruiloft in de gaten houden. Dat deed ze door haar Magische Verrekijker. Ze moest het juiste moment vinden om toe te slaan. Ze zag dat Sir Diamant en die andere heks de taart aansneden. Iedereen kreeg een stuk. De tijd ging voorbij. Op een gegeven moment was het tijd voor het diner. De tafels waar eerst hapjes en drankjes op stonden werden verplaatst, en er werden stoelen aangezet. De borden en het bestek lagen klaar en op de tafels stonden schalen met de heerlijkste gerechten, uitgekozen door het bruidspaar. Verschillende soorten vis, gevulde kogelvis, een traditioneel gerecht uit het Rijk van het Koraal, schaaldieren, maar ook groentes en vlees. Voor ieder wat wils. De heks balde haar vuisten vanaf haar schip. Het verschil tussen arm en rijk was zo ontzettend groot in het Magische Rijk. Zijzelf was als arm meisje opgegroeid, samen met haar ouders en haar zus. Zij zou iets doen aan de ongelijkheid. Ze zou ervoor zorgen dat haar meesteres aan de macht kwam, en zij zou ervoor zorgen dat iedereen evenveel kreeg. Behalve de vriendjes van Sir Diamant, zij kregen niets, en zouden op onmenselijke wijze ten dood gebracht worden. En voor Sir Diamant zelf was een speciale plek. Ze glimlachte al bij de gedachte. Maar ze moest geduld hebben, want de tijd voor haar meesteres was nog niet gekomen. Haar tijd echter wel. Ze liep de stuurhut uit, op zoek naar Thegas. Ze vond hem in zijn kajuit, en zei:"Aled girod Helas." Vertaalt naar de Gemeenschappelijke Taal van het Magische Rijk betekend dat: Het is tijd. Ze wou voor dit speciale moment een speciale taal gebruiken. Thegas knikte toen hij de woorden hoorde, en liep naar zijn manschappen. Na een tijdje stonden ze allemaal op het dek. Voor het schip lagen roeiboten, die daar van tevoren al neergelegd waren. De Evalians gingen, onder leiding van Thegas, in de roeiboten, en roeiden weg van het schip...

Het diner was inmiddels bezig, en iedereen at, dronk en vertelde verhalen aan oude vrienden die ze al een tijdje niet meer gezien hadden. Wat Sir Diamant verbaaste was dat de Koningin en Strega naast elkaar zaten, en het blijkbaar prima met elkaar konden vinden. Lavinia stond op van haar stoel.
"Is er iets?" vroeg Sir Diamant. Hij keek naar zijn vrouw. Ze keek argwanend uit haar ogen. Ze wenkte hem. Ook Sir Diamant stond op, en liep achter Lavinia aan. Ze liepen naar Sir Diamants kamer.
"Heb jij een boek over de Evalians gelezen?" vroeg Lavinia. Sir Diamant schudde zijn hoofd.   "Ze zijn de Magische Bondgenoten van de Heks van Vorm en Verandering," vervolgde Lavinia. "Ze zijn ontzettend lastig te herkennen, tenzij je weet hoe je moet zoeken. En ik meende er net één te zien."
"Dat kan gevaarlijk zijn," zei Sir Diamant."Ik weet niet waar Imitatia uithangd. Ik heb haar in tijden niet meer gezien, en ik heb altijd gevreesd dat ze niet meer aan onze kant vecht."   Verder dan dit kwam de conversatie niet,

want er kwam gegil uit de Troonzaal. Sir Diamant hoorde stemmen. "Waar is hij? Waar is Sir Diamant?" Sir Diamant wilde naar de Troonzaal rennen, maar Lavinia hield hem tegen. "We moeten er niet naar toe rennen, dat is alleen maar gevaarlijk. We moeten juist wegrennen. De Evalians zijn niet slim, ze zullen alleen doen wat hun opdracht is. Hun opdracht is om jou te zoeken. Ze zullen de anderen niet doden of gevangennemen. Dat is niet hoe ze werken. We moeten weg, dan gaan zij vanzelf weg."
De deur naar de kamer van Sir Diamant ging open. De Genezer kwam binnen.   "Jullie moeten hier weg, allebei!" riep hij. "Weet u een veilige schuilplaats?" vroeg hij aan Sir Diamant. Die knikte. Dan moeten jullie daarheen teletransproteren. Nu!"
De deur ging nog eens open. Een Evalians kwam binnen. De Genezer sprong opzij, om niet geraakt te worden door de opengaande deur. De Evalians stak zijn hand op, en Sir Diamant pakte Lavinia's hand pas, maar teletransporteren lukte niet. Blijkbaar hield de Magie van de Evalians hen tegen! De Genezer sprong op de Evalian, waardoor hij zijn concentratie verloor. Sir Diamant teletransporteerde. Hij zag nog net hoe de Genezer werd geraakt door de Magie van de Evalian, en dood in elkaar zakte. Toen stonden ze in een tunnel, donker, nat en koud...